私はご都合主義な解決担当の王女である4

まめちょろ

JN067145

ビーズログ文庫

イラスト／藤未都也

私はご都合主義な解決担当の王女である 4

story
Mamecyoro
Illustrator
Mitsuya Fuji

著／まめちょろ
イラスト／藤未都也

ビーズログ文庫

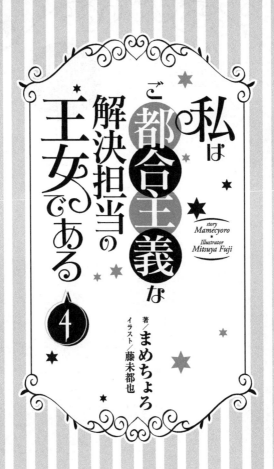

私は
ご都合主義な
解決担当の
王女である4

人物紹介

クリフォード・アルダートン

過去にいろいろありそうな護衛の騎士。
オクタヴィアと『主』『従』の契約を結ぶ。

オクタヴィア

BL小説『高潔の王』の世界に
転生した女子高生（＠腐女子）。
エスフィア国王女。
政略結婚阻止のため奮闘中！

アレクシス

エスフィア国第二王子。
オクタヴィアが気の許せる可愛い弟。現在密旨を遂行中。

セリウス

エスフィア国第一王子。
お世継ぎ問題で妹のオクタヴィアとぎこちない関係に。

シル・バークス

『高潔の王』の世界の主人公。
セリウスの恋人。

エドガー

国王の伴侶。元商人。
オクタヴィアの育ての母（男）。

イーノック・エスフィア

エスフィア国王。
エドガーを溺愛しているよう⁉

デレク・ナイトフェロー

ナイトフェロー公爵子息。
セリウスの友人。

47

「――何だ。わたしが来てはおかしいか？　オクタヴィアよ」

父上が重々しくも偉《えら》そうに言い放った。

実際、エスフィアの最高権力者だから偉いんだけどね！

先触《さきぶ》れもなしに、父上が来るって私付きの侍女《じじょ》であるサーシャから伝えられたのが一分ぐらい前。

そのときの私はというと、天蓋《てんがい》付きのお姫様《ひめさま》ベッドに寝転《ねころ》がりながら、体勢はともかくとして真剣《しんけん》に日記を綴《つづ》っていた。

慌《あわ》てて続《つづ》き扉《とびら》から寝室《しんしつ》を飛び出し、早業《はやわざ》で父上を迎《むか》える用意を調《ととの》えた次第《しだい》です……。

――自室には三人。

私と父上、部屋の隅《すみ》で頭《こうべ》を垂《た》れたまま畏《かしこ》まっているサーシャ。

……うん。父上が自分の部屋にいるってことに違和感《いわかん》しかない！

ここに父上がいるっていつぶりだろ？

そりゃ朝起きてから、「この状況《じょうきょう》について誰《だれ》かと話したい」って訴《うった》えたけど、まさか父上が来るとは……！

てっきり女官長のマチルダが来るものだと――って、ああああ！

視線をちょっと動かした私は愕然《がくぜん》とした。

普段着用《ふだんぎ》のドレスのスカート部分に盛り上がりみたいな不自然な皺《しわ》が！　正面側ではない。右横後方。微妙《びみょう》に下！　……この立ち位置なら、ギリギリ父上から見えない。その点ではセーフ！　とはいえ、くっ……！　直したい！

でもさすがに堂々と父上に見られながら直すわけには……！

黒扇《こくせん》を摑《つか》んで開いたところで、父上も部屋に入って来たからなあ。

そしてさっきの一声《いっせい》が発せられた。

答えなきゃだけど、いかんせん、皺……。皺が気になる……！

そのためには……閃《ひらめ》いた！　いいのがある！

「いいえ。ようこそ、父上。お待ちしておりました」

扇を閉じて、右手に持つ。

ついで、皺をさりげなく直す解決法として、私は父上へエスフィアの最高礼をした。

『私はあなたを心から尊敬しています。逆らうつもりはありません』って意味になるらしい！　ごますりに最適です！

でも仰々《ぎょうぎょう》しいんで、国王に対して以外はやらない挨拶《あいさつ》の仕方。

要するに、父上相手ならＯＫ！　むしろ普通《ふつう》！

——立ったまま足を交差させ、体勢をかなり低くして頭を下げ、ドレスの両側の中程《なかほど》の生地《きじ》をつまんで持ち上げて広げる、が女性式の作法。

これぐらい姿勢を低くすると、ピンポイントで、かつすんなり皺部分に手が届くんだよね！ さらに、生地を広げる、の作法部分を活用し、私は指先に全神経を集中させた。皺を一生懸命《いっしょうけんめい》に伸《の》ばす。薬を塗《ぬ》りたくって包帯が巻いてある左手にも負担がそんなにいかないようにして……と。

こんなもんでいいかな！ 少なくともドレスの盛り上がりは消えた！ ふう。一安心。

やり遂《と》げた達成感と共に姿勢を正し、頭を上げる。

視線が合った途端《とたん》、父上は深い嘆息《たんそく》を漏《も》らした。え。

……最高礼にかこつけて皺を直していたのを見透《みす》かされたっ？

「——オクタヴィア」

は、はい、と返事をしたくなったけど、声が上擦《うわず》ったりしたら皺直しを認めたも同然。

私は黒扇を開き、取《と》り澄《す》ました顔をして踏《ふ》みとどまった。

「はい、父上」

「王冠《おうかん》をレイフに届けさせておきながら、恭順《きょうじゅん》の意……最高礼でもってわたしを迎えるか。つくづくお前の考えは読めぬな」

いや、父上。これ以上ないほどわかりやすいんじゃないかと……。

首を傾《かし》げるしかない。

「……何がでしょう？　わたくしにも父上の考えは読めませんわ」

王女が国王へ行ったってその意味は変わらないから、最高礼は最高礼だし。かといって父上、皺直しを見咎《みとが》めたってわけでもなさそうだしなあ。

おじ様が王冠をきっちり父上に届けてくれたんだってことは、いまの言葉でわかったけど……。

「内心が読めぬのは互《たが》いにということか。……では、その溝《みぞ》を埋《う》める努力でも始めるとしようか？」

言い、父上が悠々《ゆうゆう》と椅子《いす》に腰掛《こしか》ける。

私もその対面に座った。


――あれから一日。

準舞踏会《じゅんぶとうかい》――地下に存在する『空の間』から私は無事帰還《きかん》していた。

トンネルでクリフォードにお姫様抱《だ》っこをしてもらったまま、寝落《ねお》ち。起きたら城の自室！　翌朝だよ！　左手の手当ても終了済《しゅうりょう》みでした！　ちゃんちゃん。

悶絶《もんぜつ》して、ああああああああって叫《さけ》びたくなったよね！

でも、どうにか精神統一して、とにかくまずは寝落ちしてからのことを訊《き》こうと思ったら、伝えられたのは絶対安静。怪我《けが》をしたから、という理由で公務もお休み。

……その度合いが徹底《てってい》していた。

部屋の外には一歩も出てはいけません！　行き来可能なのは、自室と寝室のみ。外部との連絡《れんらく》、接触《せっしょく》も禁止。

左手の傷を診《み》てくれた城お抱《かか》えの医師とは面会できたものの、自由に会えるのも話せるのも、侍女のサーシャだけ。

必然、いつもなら朝から護衛《ごえい》の騎士《きし》として職務に就《つ》いているはずのクリフォードの姿も今日は見ていない。

昨日あういうことがあったのに、一切《いっさい》の情報が遮断《しゃだん》されている状況。

もうお昼を過ぎているにもかかわらず、私があの場……『空の間』にいた一人として、事情を訊かれてもいない。

これっていつまで？　どうなってるか教えて！　と訴えるってもんですよ！

そんな私の訴えを受けてやって来たのが、国王陛下《へいか》である父上。

包帯の巻いてある私の左手に目をやった父上が口火を切った。

「怪我の具合はどうだ？」

「命にかかわるようなものではありません。軽傷ですわ」

面会した医師には、一日三回、傷口に薬を塗って清潔にしておけばそう長くかからず完治するでしょうって言われたし、日常生活にも支障は出なさそう。

ただ、ほとんど自覚がないものの微熱《びねつ》があるってことで、それを抑《おさ》える飲み薬を出してもらった。副作用として眠気《ねむけ》が出るかもしれないとの注意事項《じこう》付きで。

昼食の後に飲んだけど、いまのところ眠くない。微熱っていっても三十七度ぐらいだと思うんだよね。前世なら普通に登校して、お昼前には平熱に下がっているレベルの。

「その左手の傷は、昨夜の襲撃《しゅうげき》で負ったものだと報告を受けているが」

「これは、故《ゆえ》あって自分で傷つけたものです」

「──のようだな。しかし、軽率《けいそつ》だった。たとえ理由ある行為《こうい》だったとしても、だ。現に、そのせいでお前の騎士は窮地《きゅうち》に立たされているぞ？」

クリフォードがっ？

「……何故《なぜ》です？　報告を受けたのならご存じでしょう。クリフォードに何ら落ち度はありません。彼はわたくしを守り、『従《じゅう》』と戦い、そして勝利しました。功労者です」

「そのこと自体は評価に値《あたい》する。しかし、側《そば》にいながら第一王女たるお前に、クリフォード・アルダートンは怪我を負わせた。この失態は覆《くつがえ》せぬ」

そ、それは結果的にはそう見えちゃうけど！

「わたくしが、クリフォードに邪魔《じゃま》をするなと命じたのです」

言《い》い募《つの》るも、緩《ゆる》く父上は首を振《ふ》った。

「過程はどうでもいい。オクタヴィアよ。お前は我がエスフィアの第一王女だ。何度でも言う。その王女が、護衛の騎士がついていながら負傷した。この結果、この事実がすべてだ。護衛の騎士を代《か》えるべきだとの意見も出ている」

ぐっと黒扇の柄《え》を握《にぎ》る。

ぐぬぬ……。理屈《りくつ》としてはわかる。わかるけど！　ここで引き下がることはできない。

「それでクリフォードは今朝から姿を見せないのですか。……護衛の騎士を代える？　決めるのはわたくしです。そして、わたくしは護衛の騎士を新たに任じるつもりはありません。わたくしからすれば、クリフォードに非などないのですから」

言い切って、父上の出方を窺《うかが》う。

「――もっとも、そう主張しているのは主《おも》にセリウスだがな」

紡《つむ》がれたのは、そんな言葉だった。

「では、父上は？」

「護衛の騎士としての昨夜の失態と功績。どちらに比重を置くかだ」

！　こんな風に言うってことは。

「父上は、功績のほうに比重を置くのですね？」

「そういうことだ。――しかし、オクタヴィア」

弟のアレクよりも暗い色合いをしたエメラルドグリーンの瞳《ひとみ》が、私を直視した。

「お前が負傷したことに変わりはない。これは本来、護衛の騎士を厳罰《げんばつ》に処すべき事柄《ことがら》だということは忘れるな。理由など加味されない。お前は王女なのだ」

「…………」

――身分制の国で王女として生きているのに、端々《はしばし》で、生まれ変わる前の女子高生だったときの感覚で「これぐらい」って思ってしまう。軽く捉《とら》えているわけじゃないんだけど……ただの女子高生が同じ怪我をするのとでは次元が違《ちが》うってことが、意識から薄《うす》れていることがある。

そのせいで……たとえ軽傷でも、私が怪我をしただけでクリフォードに咎が行くっていう想像力も。

悔《く》やんでも悔やみきれない。

……微熱も、たかが微熱、じゃいけないんだった。

それに、たとえ同じ行動をするんだとしても、わかっていてやるのと、わからないでやるのとでは、全然違うんだよね。決断の重みが。

「――心に刻みますわ、父上」

黒扇を閉じて、私は頷《うなず》いた。

「……処罰《しょばつ》など恐《おそ》れてはいなそうだがな。あの男は。セリウスの取り調べにも応じなかった」

「っ？」

私は目を剝《む》いた。

取り調べっ？　なんでそんなことに？　兄がクリフォードを取り調べ？　クリフォードが曲者側《くせものがわ》だったならともかく、曲者を倒《たお》した――私やシル様を助けた側なんですけど！

父上へ向かって身を乗り出す。

「昨夜のことが正確に伝わっていないのですか？　クリフォードを取り調べる必要が何故あるのです」

「言い方を変えるか？　事情を訊くだけのはずだった。その本人が、非協力的でな。オクタヴィアよ、あやつはお前の許可がなければ話すことはないそうだ」
ク、クリフォード……。でも言いそう。
包《つつ》み隠《かく》さず全部兄に話すとか、絶対しなさそう。有《あ》り難《がた》い……やっぱりシル様関連でどこまで明かすかとかあるし、でも、有り難いんだけど、そのせいでクリフォードの立場がますます悪くなってるんじゃあ……。

「ひどいことはされていないのですね？」

「お前があの男を切り捨てるなら別だが」

「クリフォードはこれからもわたくしの護衛の騎士です」

父上が小さく笑った。

「……安心せよ。デレクが頭を抱えてセリウスに取りなしていたぞ。レイフとデレクの双《そう》方《ほう》から、昨夜の出来事は一通り伝えられている。事実関係もだ。お前の騎士が疑われているわけではない。しかし――」

不穏《ふおん》な感じで父上の言葉が続く。

「セリウスは収まらなかったな」

やっぱり、シル様が関わっていたらそうなるよね……！

「シル様は、あれから？」

「眠り続けている。外傷がなかったから、まだセリウスも落ち着いてはいるがな」

「兄上の庇護《ひご》下《か》にあるのですね」

じゃあシル様は本当の本当に安心だ。

身を乗り出していたのを引いて、元の位置に戻《もど》る。

「――シルが囮《おとり》になったことにセリウスは納得《なっとく》していない」

てことは、当然。

「わたくしがシル様を準舞踏会へ連れていったことにも、ですね」

「その点に関してはデレクも怒《いか》りを買っていたぞ？　同罪だな？」

何か、父上が愉《たの》しそうに見える……。私の被害妄想《ひがいもうそう》かな……。

「わかりました。きちんと、わたくしが兄上とお話しいたします」

「それが良《い》いだろう。今回の一件に関しては、一部……お前や護衛の騎士についての裁定をセリウスに任せてある」

……聞き捨てならない発言を耳にしたような。

「わたくしのこの軟禁状態《なんきんじょうたい》は、兄上の命によるものなのですか？」

「そうだ。お前の護衛の騎士は、目下謹慎中《きんしんちゅう》だが——どちらも、いつまで続くかはセリウス次第だぞ？」

な、何ですと……！

クリフォードが謹慎中だっていうのは、さっきの父上の話を聞いているから、一応の落としどころがそうなんだろうけど、でも。

「何故、国王である父上ではなく、兄上が……」

父上と兄だったら、シル様という地雷《じらい》を踏んでしまったいま、とっつきやすいのはまだ父上のほうなんですけど！

「わたしとセリウスとの間には約束事があった。それを今回、セリウスが使ったのだ。わたしにも断《ことわ》る術《すべ》はない。この状況から自由になりたいなら、オクタヴィア、お前が自分でセリウスをどうにかすることだ」

「それで……わざわざ父上がお越《こ》しくださったわけですね……」

がっくりきた。

「第一王子であるセリウスの命令を表立って破れるのはわたしだけだからな。この程度ならセリウスも騒《さわ》ぎはすまい。――さて」

いつもと比較《ひかく》すれば、ほんのちょっとだけ気安げだった気がしないでもない父上の様子が、通常のものへと変化した。

私もつられて真剣な表情になる。

「オクタヴィア。お前から、わたしに言うことはあるか？」

父上に言うこと……。

「ナイトフェロー公爵《こうしゃく》やデレク様は、昨夜の出来事について父上に余すところなくお話ししたのでしょう？」

私もおじ様に起こったことは話したし。

「わたくしからも父上へ、昨夜のことをお話ししたいと思います」

当事者の一人なのに、起きてからも事情聴取《じじょうちょうしゅ》？　が免除《めんじょ》だっていうのも変だしね。

おじ様に限って、改変して伝えたりすることはあり得ないけど、完全におじ様任せっていうのも不味《まず》いでしょう！

――ところが！

「わたしには不要だ。話すならばセリウスにするが良い」

父上に拒否《きょひ》られた。

「言うことがそれだけなら、話は仕舞《しま》いだな」

しかも、腰を上げかけている。

でも、ちょっと待ったー！　幸か不幸か訪《おとず》れた、父上と顔をつきつけて話せる機会。しかも場所は私のテリトリー！　逃《に》がすか！

「お待ちくださいい、父上。話ではなく、質問ならばありますわ。わたくし、昨夜の準舞踏会で、父上に訊きたいことがたくさんできましたの」

「ほう？」

父上が、椅子に座り直した。……ほっ。

「しかし、わたしが質問に答えるかは別の話だな」

なっ……！

「答えないおつもりですか？」

「そうしたいが……同時に、一つと限定したなら、数ある問いの中でお前がわたしに何を問うのか。興味がある」

「一つなら、答えていただけるのですね」

「一つだけだ」

私は頷いた。

「わかりました。ですが、わたくしからも父上にお願いが。その問いには、嘘偽《うそいつわ》りでもって答えていただきたくありません」

父上が苦笑《くしょう》した。

「良かろう。答えるのは一つ。そのかわり、嘘偽りは語らぬ」

よし！　でも一つかあ……。

王冠……は父上の元に届いたみたいだからいいか。

『空の間』のこと、おじ様たちが捕《つか》まえた『従』のこと、ウス王と女王イデアリアのこと……。

どれも訊いてみたいけど、父上にしか訊けないことっていえば――。

『――ならば、その一人目に訊《たず》ねれば良いのではなくて？』

『国王陛下に、ですか？』

あの青年そっくりの顔を仮面の下に隠したルストの姿と、『天空《てんくう》の楽園《らくえん》』の東屋《あずまや》でのルストとのやり取りが、脳裏《のうり》に浮《う》かんで消えた。

ルストの言葉が、真実なのかどうか。

――父上は、ルストのことを知っているのか。

だけど、質問は一つだけなんだよね。これだと得られる情報量が少なすぎるか。

なら、ちょっと内容を変えて。

私は問いを口にした。

「ルスト・バーンは、誰に似ているのですか?」

これでしょう!

私が一番知りたいのは、ルストが誰に似ているのか。父上がルストを知らないなら、そう答えるだろうし、知っているなら——。

「キルグレン公ルファス」

ビクッとした。思わず、黒扇を限界まで開いていた。目の前の父上から、隠しきれない感情が滲《にじ》み出《で》ていたから。……父上は、感情的な人間じゃない。感情がないわけではない。でも、国王として常に感情を律している姿を見てきた。

それとは、真逆の姿がそこにあった。

「死人だ。わたしの叔父《おじ》であり、お前の大叔父であった男に似ている。若かりし頃《ころ》の姿に生き写しだ。——まるで、本人が若返り帰って来たかのように」

滲み出ているのは、暗い感情。

私が、クソ忌々《いまいま》しい記憶《きおく》をずっと避《さ》けて、昇華《しょうか》できていなかったみたいに、父上にとってのそれは、キルグレン公なんじゃないかって思うぐらいの。

……キルグレン公って、アレクが出立する日、会ったことがあるかって訊いてきた名前だ。どういう人物かは父上が口にした通りで、前々代のナイトフェロー公爵にあたる。

たしか、父上は、アレクに向かってキルグレンって言ったたって……。

どういうこと？

でも、こういうとき、父上は嘘をつかない。口約束であっても、契約《けいやく》を大事にする。

ルストは、在りし日のキルグレン公も、あの青年とそっくりだったたってことになる。

つまり、キルグレン公も、あの青年とそっくりだったってことになる。

「――お前の質問には答えたぞ、オクタヴィア。役立たせてみせるが良い」

静かに父上が立ち上がる。それを受け、サーシャが扉へ向かい、父上の動きに合わせたように廊下《ろうか》側から扉が開いた。

外に控《ひか》えていた父上の護衛の騎士たちが一斉《いっせい》に頭を垂れた。

「…………」

ぼふっと寝台《しんだい》にダイブする。

父上が帰った後、まずサーシャに「謹慎中のクリフォードに面会したい」旨《むね》をしかるべき担当者に伝えてくれるよう頼《たの》んだ。

マチルダが頑張《がんば》ってくれたらしいんだけど――却下《きゃっか》。王女権力、破れたり。

兄の本気を感じた。

そこで、今度は「兄上と会いたい」旨の伝達を頼み、その返事が届くまでの間、私は寝室で過ごすことにした。

枕元《まくらもと》には書きかけの日記帳と鉛筆《えんぴつ》。

日記帳は数えること五代目。植物の皮で作った装幀《そうてい》が分厚い、紙の束が綴《と》じられたもので、鉛筆は細長い木に黒鉛《こくえん》の芯《しん》を削《けず》ってくっつけたもの。どちらも新調したばかり。

手紙を通して、読書感想という名のオタクトークを繰《く》り広《ひろ》げる仲になったシシィ。彼女からのツテでゲットしたお気に入り。

右手で鉛筆を握り、日記帳への書き込みを再開する。

準舞踏会であったこと、見たり聞いたりした重要そうなこととか、まとめている途中《とちゅう》だったんだよね。

もちろん執筆言語《しっぴつげんご》は日本語。私にしか読めない、しかして私にとっては簡単な暗号文！

情報漏洩《じょうほうろうえい》の心配は一切なし！

どこまで書いたっけ……。

えーっと、順番に、シル様の馬車が暴走したこと、デレクから聞いた兄の記憶についてまでは記し終えて、シシィからの手紙が届かないことに関して書こうとしていたところか。

もちろん、この続きも書くんだけど。

紙を何枚かめくって、真っ白なページに、別の書き込みをした。

ルストとキルグレン公の名前を書き込んで、イコールで繋《つな》げてみる。さらに、あの青年のことも。……ちょっと考えてから、下のほうに父上とアレクの名前を入れた。

あとキルグレン公の近くにナイトフェロー公爵家を。

相関図っぽいもの？

——キルグレン公のことを調べるなら、ナイトフェロー公爵家に行くのが近道かな。おじ様とコンタクト……は、この外部接触禁止を解かないと。部屋からも出られない。

クリフォードの謹慎だってどうにかしなきゃだ。

だいたい、この二つをクリアしないと、偽《にせ》の恋人役を探すなんて夢のまた夢！　エスフィアの歴史だって調べ直したいのに、書庫すら行けない始末。お披露目《ひろめ》の日なんてあっという間に——。

私は鉛筆を動かす手を止めた。

これに関しては、むしろ軟禁状態がその日まで続けば、お披露目に出なくて済む？

あり得るかも。ある種のお披露目回避《かいひ》！

「いやいや」

ふるふると首を振る。一見、妙案《みょうあん》に思えるけど、そう決めてかかって何の準備もせずに日々を過ごして読みが外れたら？　偽の恋人役がいない状態でお披露目っていう、惨憺《さんたん》たる事態に確実になる！

賭《か》けに負けたときが地獄《じごく》すぎる……。

何としても現状を打破するべき！

となると、やっぱり難関は兄か……。

書いておくことに、今後の指針なんかも加えておいたほうが良さそうだな。

うーん、うーんと唸《うな》りながら、日記を綴るうち、瞼《まぶた》が重くなってきたのに気づく。

欠伸《あくび》を噛《か》み殺す。薬の副作用が出てきた？

気持ちとしては気合！　で起きていたい。

でも、よぎったのは、治療《ちりょう》してくれた医師に言われたこと。

『眠くなったら無理に起きていようとせず、眠ってください。そのほうが早く熱も下がります』

前世のこれぐらい！　な感覚は、ここでは仕舞っておかないとだ。

日記帳を閉じて鉛筆とまとめて、寝台横の小机に置く。

一旦《いったん》寝室を出、サーシャに誰か来たら起こしてくれるよう伝えて再び寝台へダイブ。

横たわった私は目を閉じた。

「…………」

でも、眠れない。

目を開けて寝返《ねがえ》りを打ったら、白い花が視界に入った。準舞踏会の前日、枕元に飾《かざ》ってもらったリーシュランは、瑞々《みずみず》しさを失ってしまっている。そのことに気づいたサーシャに交換《こうかん》しましょうかと尋《たず》ねられたとき、断ってしまった。

験担《げんかつ》ぎってわけじゃないけど、これは最初にクリフォードに髪《かみ》に挿《さ》してもらった花だから。

『天空の楽園』に置いてきたリーシュランのかわりに、何となく、まだこのまま飾っておきたい気がする。

微《かす》かに満ちるリーシュランの香りに包まれながら、もう一度目を閉じた。

「ん……」

パラパラとページをめくる音がする。誰か本を読んでる……？　サーシャ？

目元を擦《こす》る。眠気は残れど気分は爽快《そうかい》。お医者さんの意見は聞いてみるもの。微熱、完全に下がったんじゃないかな？　リーシュランの入眠効果《にゅうみんこうか》？　夢も見ないでぐっすりでした！

微睡《まどろ》みながら、寝台の中で身体《からだ》の向きを変える。

「…………！」

視界に入ったもののせいで、眠気が一瞬《いっしゅん》で吹《ふ》っ飛《と》んだ。

あり得ないものが、見えた。

組んだ長いおみ足が。

視線を、上へ移動させる。

ある人が、寝台脇《わき》に持ってきたらしい椅子の肘置《ひじお》きに片肘を置き、頬杖《ほおづえ》をつきながら腰掛けていた。

うん。絵になりますね。

こういう書き下ろし特別イラストあったたっけ……。サイン入りの応募者《おうぼしゃ》限定で、お姉ちゃんにも参戦してもらったのに手に入らなかったやつ。学校で落ち込んでたら、和音《かずね》ちゃんに「ウザい」って一刀両断《いっとうりょうだん》された思い出。でもその後ケーキの食べ放題に誘《さそ》ってくれた和音ちゃんはリアルツンデレ。

「…………」

「…………」

水色の瞳と、目が合う。

銀髪《ぎんぱつ》に彩《いろど》られた完璧《かんぺき》な容貌《ようぼう》が、こちらを見下ろしていた。

美声が響《ひび》く。

「おはよう、オクタヴィア」

「……おはようございます、兄上」

シル様と並ぶ、『高潔の王《こうけつおう》』でのもう一人の主人公。

そして私、オクタヴィアの兄であるセリウスが、そこにいた。

あ、あれ……？　これってもしかして夢を見てる？

48

「よく眠っていたな」

頰杖をついた体勢はほとんどそのままに、膝《ひざ》に置いてある書類のチェック——寝《ね》ぼけ眼《まなこ》で聞いた、ページをめくる音ってたぶんこれだ——を止《や》めた兄が、二声目を発した。

どうやら、会いたいと要望を出した結果、兄のほうから来てくれた？

——父上のときもそうだったけど、自分の部屋に兄がいるってことに違和感しかない！

挨拶はしたものの、これってやっぱり夢なんじゃ……？

私は寝台から上半身を起こした。

慎重《しんちょう》に視線を巡《めぐ》らせる。元気を失ったリーシュランとほのかな香りは眠る前と同じ。

……寝る直前まで書いていた日記帳と鉛筆は小机の上で、サーシャが部屋の隅に控えている。

最後に、視線を一点で固定。

前世での特別書き下ろしイラストを思わせる——それでいて、三次元な兄の姿があった。現実だ！

背筋をピンと伸ばす。

まさか寝起きでの対面になるとは……！

「……兄上。起こしてくだされば」

「あのようなことがあった後だ。熱もあると聞いた。疲《つか》れているのだろう？　起こすのは忍《しの》びなくてな。体調はどうだ？」

包帯を巻いた私の左手へと、兄の視線が動いた。

「ご心配ありがとうございます。怪我自体は数日で治るそうですわ。熱も、眠ったせいか下がったように思います」

「それを聞けて良かった。側で起きるまで待つとお前の侍女に無理を言った甲斐《かい》があった」

で、こうなっていると……。

サーシャを見ると、申し訳なさそうに頭を下げた。うん。第一王子に言われちゃ逆らえないよね。仕方ない……って、私、兄と普通に会話してる！

父上の話から、もっとこう、怒《いか》り心頭《しんとう》状態を想像していたんだけど……逆、のような。喧嘩腰《けんかごし》とかでもない？

「お前の侍女には、下がって良いと言ったのだが……」

「わたくしは眠っていましたし、本来は兄であってもみだりに寝室に立ち入るべきではありませんもの。節度は守るべきとわたくしの侍女は考えたのでしょう」

通常時ならともかく、ここは私の寝室だからか、兄も自分の護衛の騎士は入れなかったようだし――たぶん隣室《りんしつ》で待機しているのかな――サーシャまで下がったら寝室に私と兄が二人になる。まあ、だからといって、まかり間違《まちが》っても何も起こらないけどね！

「節度か……。確かに。王族同士を和解のために二人きりにした結果、殺し合いになった過去の例もある」

「……殺し合いですか？」

私はちょっと眉《まゆ》を顰《ひそ》めた。

王家の歴史をひもとけば、家族内でいろいろあった……物騒《ぶっそう》な事例も出てくるけど、

「わたくしと兄上に限っては、そのようなことはあり得ませんわ」

笑い飛ばす――のはしたないから、にっこり微笑《ほほえ》んだ。いくら仲良し兄妹《きょうだい》じゃないからって、これに関しては心配するだけ無駄《むだ》ってやつ！　太鼓判《たいこばん》を押せる！

「……そうだな」

目を細め、直後、肘掛けに片肘を預けていた兄が立ち上がった。

持っていた書類を私に差し出す。

「先ほど俺の元に届いたものだ。お前が目を覚ますまでの間、目を通していた。レディントン伯爵主催《はくしゃくしゅさい》の準舞踏会中に起こった襲撃事件に関してまとめてある」

「……わたくしが読んでも？」

「ああ。そのままで読んでくれて構わない。お前は怪我人だ。楽な姿勢のほうが良い。だが、侍女は下がらせてくれ。──おそらくは、込《こ》み入《い》った話になる」

寝台で読んでいいっていう兄の言葉には甘えるとして、

「……わかりました。サーシャ」

私はサーシャを呼んだ。

「……殿下《でんか》」

どこか心配そうにサーシャが返事をする。私は笑顔《えがお》を向けた。

「大丈夫《だいじょうぶ》よ。下がってちょうだい。兄上とのお話が終わったら、軽い食べ物とお茶を出してくれると嬉《うれ》しいわ」

「──畏まりました」

侍女の鑑《かがみ》！　みたいなお辞儀《じぎ》をし、サーシャが退出する。

兄が再び椅子へ腰掛け、足を組んだ。

注がれる兄の視線を感じながら、書類を両手で持って、一枚一枚、びっしりと書き込まれているエスフィア文字を追う。

……正式なものじゃなくて、手早く伝えることを重視した報告書って感じかな。

まず、シル様の馬車の暴走事故のことから始まって、庭園での襲撃や、『空の間』で起こったことが時系列順に事細かに書かれている。

私にとっての新発見もあった。シル様は『従』のリーダー格の男に薬のようなものを打たれて気絶したらしい。あ、あと、「バークスちゃん」呼びの人！　準舞踏会で私が踊《おど》ったりもした赤毛の青年の名前は、ステイン。報告者の一人として名前が上がっていた。

シル様に薬か……。原作では、薬の投与《とうよ》で覚醒《かくせい》シル様になった、みたいな描写《びょうしゃ》はなかったんだけどなあ……。シル様と『従』がどんな話をしたのか、とかも書いてあればいいのに、残念ながら記載《きさい》はない。

でも……。

『我が、「主《しゅ》」、よ……、何故』

暴走が止まった、と思った後に、シル様（？）が呟《つぶや》いた言葉。

――シル様が『従』ってことは、あり得るのかな。覚醒シル様のあの強さも、『従』だったから、で説明がつくといえばつくし……。

ただそうなると、『従』なのに、同じ『従』から狙《ねら》われてたってことになるよね？

この辺、あの『従』のリーダー格の男に訊きたいところだけど、捕《つか》まえた曲者《くせもの》や『従』への取り調べ状況については何も書かれていなかった。書けるところまでいっていない――まだまだ取り調べ真っ最中ってことなんだろうな。

それに……。

『陛下……。我が「主」』

あのシル様は、リーシュランの花を髪に挿した私に、反応したみたいだった。

『空の間』であったことを考える。……誰かを私に重ねた結果そうなったのだとしたら、シル様が口にした陛下は――女王イデアリア？　単純に考えれば、シル様は女王イデアリアの『従』ってことになってしまう。

でも、女王イデアリアとシル様とでは、生きている時代がまったく違うし……。ならシル様のは前世の記憶みたいなもの？

思考の海で迷子になりそう。

とにかく書類を読み終えたら後ろに回す、を繰り返す。

そうして、一枚目に戻ってきた。

「……相違《そうい》はないか？」

見計らったかのように、口を開いた兄の声が、室内に響く。

私は書類から顔を上げげた。

兄を見、頷く。

「ええ。間違いありません」

変な歪曲《わいきょく》もなく、少なくとも、私が体験したことに関しては事実が書いてある。クリフォードの活躍《かつやく》なんかも。

ちなみに私が『空の間』に行ったところからの報告者はもっぱらデレクになっていた。おじ様が到着《とうちゃく》してからは、おじ様の証言が加わる。王冠の発見のくだりはもちろん、おじ様が曲者たちを捕まえるに当たり、準舞踏会前や開催中《かいさいちゅう》に実行していた裏方作業についてとか。ローザ様の役割とか。

ルストがローザ様の下で働いていて、私たちを『空の間』まで道案内をしたこととか。ルストの道案内については、偶然《ぐうぜん》知った情報から、となっていた。

……語弊《ごへい》があった。ここについては事実じゃないかもしれない。

「――ならば、お前の行動に疑問がある」

ごくりと唾《つば》を呑《の》み込《こ》む。

な、何だろう。というか、どれだろう。心当たりが幾《いく》つか。兄からしたら、私が準舞踏会にシル様と一緒《いっしょ》に行ったのだって何故って感じだろうし。

「『空の間』で、お前がシルに対して為《な》したことだ」

あれか……！

報告書には、暴走中の覚醒シル様に私がやったこともバッチリ書かれていた。主にデレクからの聞き取り。ただし、シル様からのものは報告書に含《ふく》まれてなかったんだよね。

「……兄上。シル様は目を覚まされたのでしょうか？」

「二時間ほど前に、一度目を覚ました。いまは眠っている」

「！　そうですか」

目を覚ましたっていうのはとりあえず朗報《ろうほう》！

二時間前か——そういえば、いま何時だろ。

「おはようございます」って挨拶を兄と交《か》わしたものの……。

寝室には大きめの硝子窓《ガラスまど》がある。晴れたときはそこから日が差し込んでお昼寝日和《ひるねびより》！なんだけど、見ると鎧戸《よろいど》が下りていた。日が沈《しず》むとこうするんだよね。部屋のすべての燭台《しょくだい》にも火が灯《とも》されている。……夜なんだ。

「……シル様は今回の出来事に関しては、何と？」

「——準舞踏会へ行く途中、馬車の事故に遭《あ》い、その際に偶然会ったお前の馬車に同乗し、『天空の楽園』へと到着した。準舞踏会中、ナイトフェロー公爵に請《こ》われ、曲者を捕《と》らえるための囮として『空の間』に赴《おもむ》いたが、そこで何かを打たれ、意識を失ったと。シルが覚えていたのはそこまでだ」

覚醒シル様状態のときのことは、記憶になし、かあ……。

「報告によると、『空の間』でシルは常軌《じょうき》を逸《いっ》した状態になった。しかし、お前はそれを鎮《しず》めてみせた。自ら左手を傷つけ、その血が触《ふ》れた途端、シルは大人しくなったそうだが――」

射抜《いぬ》くような瞳と声音《こわね》で、問われた。

「……何故だ？」

――ど、どう答えれば？

これって、原作だと、もっと話が進んだ段階かつ、シル様と兄の間のあれこれで判明することであって……！

王族（？）の血でどうして普段のシル様に戻るのかは以下次巻！　状態だし。

さらにはシル様が持っている不安――実は出自がまったく不明ってことは、現時点では兄に打ち明けられていないわけで。

しかも、シル様に『従』関連の疑惑《ぎわく》も浮上中《ふじょうちゅう》。

「…………」

何も言えず固まっていると、兄はなおも質問を重ねた。

「オクタヴィア。お前は何故シルを止めることができた？　……何を、知っている？」

追及は、止《や》まない。

私を見据《みす》える水色の瞳からは、誤魔化《ごまか》しが許されないのが、伝わってくる。

頭の中に、――いっそ、打ち明ける？　なんて考えが、ぽっと飛び出た。

クソ忌々しい記憶と一応は向き合うことができるようになったせいかもしれない。

じゃあ、打ち明けた場合って？

さあ、レッツシミュレーション！


『兄上。実はわたくし、前世……日本という異世界で生きていた記憶があるのです。そしてこの世界は、前世でわたくしが読んでいた男性同士が愛し合う、BL小説というものを基《もと》に作られています。シル様と兄上はその主人公です！　だからわたくしいろいろ知っているのです！　読者だったから！　シル様の暴走を止めたのも、その原作知識からです！』

『！　そうだったのか……！』

『わかってくださったのですね……！』

なーんて……。

いくわけあるかー！

自分で突っ込んでしまった。こんな風にすんなりいくといいなあっていう単なる私の願望でした……！

——願望抜《ぬ》きでいくと、甘めでも、第一王女ご乱心！　て療養《りょうよう》の名のもとにどこかに閉じ込められるのがオチかなあ……。

前世、という概念《がいねん》はエスフィアにもある。

ただ、それを本気で言い出すのは……。

現代日本でたとえてみたってそうだと思う。

占《うらな》いコーナーで、あなたの前世チェック！　なんて機械があったとする。

ノリで調べて、「うわー。前世、虫だったよ！　人間ですらないってさー！」「私は人間だったー。ヨーロッパで大道芸人してたって！」と友達同士で笑いながら話すのはアリでも、誰かが「……あのね、私は前世で何々時代の何々階級に産まれ、これこれこういう風に生き、人生を終えたの」って真顔で語り出したら——引くんじゃないかな！

話半分だからこそ受け入れられる、みたいな。

もし真実だとしたって、それを他者に証明する術はないもんね。

しかも、前世話でも、まだエスフィア内でのことならいい。それか、この世界の中で完結するお話なら。

別世界——地球の日本っていう国で、女子高生で、ここはBL小説を基にして作られました——って創世神話全否定だし！

天空神への冒瀆《ぼうとく》だと人によっては怒りで顔を歪《ゆが》める内容。それで済めばいいほうで、殺意の波動を発生させる人もおそらく出てくると思われる。

信じてもらえないのが当然。話を聞いてもらえたら、それだけでも有り難いってレベル。

前世で原作小説を読んだから、ある程度なら起こる出来事がわかりますっていう偽りのない説明も、事実をそう述べるより、いっそ「わたくし、天空神の祝福により未来視を行えるのです……！」とか神妙《しんみょう》な顔つきで言ったほうが、まだ！　まだ！　信じてもらえる可能性が高いぐらい。

ていうか、私の前世話を打ち明けたとして、それだけですぐに全部信じられてしまったら、そっちのが怖《こわ》い。

私も疑っちゃうから。……ああ、信じたフリをしてるだけだろうなって。

信じてもらえたとしても——何かの段階を経《へ》てじゃないと、こっちとしても構えずにはいられないっていうか。

信じて欲しいけど、相手側からもある程度の猜疑心《さいぎしん》も欲しいというか……。

だって、私が打ち明けられる立場だったら、とても信じられないと思うんだよね。

——とりあえず、打ち明けてみようって試《ため》すのは、非常に危険。

失敗したら取り返しがつかないって意味で！

実行するなら、石橋を叩《たた》いて渡《わた》るぐらいの気持ちじゃないと。

打ち明けずに、兄に私が覚醒シル様へ対処できた理由をどう説明する？　思いつきで押し通す——。

とても誤魔化せる雰囲気《ふんいき》じゃないけど……ぐ、偶然……。お、思いつきにしてみて厳しい。偶然にしては、じゃあ何で血を？　ということになるし、思いつきにしてみても、何でそんな方法をってなるはず。

シル様の出生の謎《なぞ》についても、私の口からじゃなくて、シル様自身から兄に伝えるべきだと思うし……。

「──オクタヴィア」

兄から呼びかけられた。

こ、答えなければ。

前世を真面目に語るより、天空神にかこつける、の方向で「空からのお告げですわ」ってはぐらかす？

──でも、ここで嘘はつきたくない。

できるだけ、私の言える範囲《はんい》でってなると──。

「……時が、解決するはずです」

原作進行まで現実が追いつけば、シル様が出生のことを兄に打ち明ける。そうなれば、今回のことが起こった以上、兄もいろいろ勘づくと思うんだよね。そして、シル様の覚醒、暴走状態についても、二人で解明する……という希望的観測！

「これ以外に、わたくしから兄上へ申し上げることはありません」

嘘じゃないので、兄の目をしっかり見返して言えた。

「……そうか。よく、わかった」

兄が目を閉じた。息を吐《は》くと、目を開き、言葉を紡ぐ。

「お前に言うことはなくとも、俺にはある。お前の護衛の騎士についてだ」

「クリフォードについて？」

クリフォードの話題が出た！　渡りに舟《ふね》！　ここから会話を広げて、クリフォードの謹慎を解いてもらおう！

「父上からお聞きしました。わたくしが怪我をしたせいで、クリフォードの責を問う声があると」

「……もっぱら、俺がそう主張していることもか」

「ええ。兄上、どうかクリフォードの功績を鑑《かんが》みてくださいませんか？　わたくしだけでなく、シル様のことも『従』から守ったのです。謹慎は解いても良いはずですわ」

「守った？　あの男の守るべき対象はお前だろう。……シルが自覚なく剣《けん》を持ち、お前に刃《やいば》を向けた際、お前の護衛の騎士は、シルを殺す気だったのではないか？」

殺……。否定できないのが何とも。

最初、クリフォードは危険要素として覚醒中の暴走シル様を排除《はいじょ》しようとしていたわけで。

「それは、兄上もおっしゃったように、シル様がわたくしに刃を向けたからです。クリフォードがいなかったら、シル様の剣はわたくしを傷つけていました」

「では、第一王女であるお前を害そうとした罪人としてシルを処断するか？　被害者であるお前が声を上げれば可能だろう。どうする」

「そのようなつもりはありません。シル様は曲者たちに何かをされ、ああなったのでしょう。わたくしは穏便《おんびん》に済ませたく思います」

原作の範囲でなら、シル様の事情は知ってるし。

「つまり、シルを糾弾《きゅうだん》せず内々に処理するかわりに、お前の騎士を解放しろと？」

目を瞬《またた》かせてしまった。

な、なるほど……！

その手があったのか！　この線でいける？

あくどいけど、この際、取引って形にしちゃえば！

「それも良いかもしれません」

「――やけにクリフォード・アルダートンにこだわるのだな」

「わたくしの護衛の騎士が長続きしなかったのは兄上もご存じではありませんか。クリフォードはすでに三カ月もわたくしの側で働いています。得がたい人材ですわ」

恋人を作って早期退職しない！　これ大事！

「俺にも、女官長を通して『クリフォード・アルダートンと面会したい』と真っ先に訴えるほどにか」

揶揄《やゆ》するかのように紡がれた兄の言葉には、続きが、あった。

「ある嫌疑《けんぎ》がかかっていたとしても？」

…………嫌疑？

「オクタヴィア。お前が昨日シルと会ったのは、馬車の暴走があったからだな？　そこから、シルを救出し、共に準舞踏会に出席した」

「……その通りです」

「シルの馬車の事故は、作為的《さくいてき》なものだったと判明した。三重に細工がしてあった。一つは馬車自体、一つは御者《ぎょしゃ》、一つは雇《やと》われていた護衛の男。この護衛の男を見つけ出し、吐かせた。馬車には巧妙《こうみょう》な細工を施《ほどこ》し、御者には薬を盛る手はずになっていると聞かされていたこの男は、さらに保険として、シルの馬車を確実に暴走させるために雇われたようだ。……しかし雇い主《ぬし》の顔や、何者なのかをこの男は知らされていなかった」

「…………」

用意周到《よういしゅうとう》な事前準備があってこその馬車の暴走……。でも、変。

『誰が』ってところが。

準舞踏会での襲撃は二方向。一方は反王家派による私狙い。一方は『従』を含んだ曲者によるシル様狙い。後者は、実の家族についての情報をチラつかせて、シル様を準舞踏会へ誘い出した。ちゃんと読んだばかりの報告書にもそう記載されていた。

それなのに、シル様が会場へ辿《たど》り着《つ》く前に、彼らが馬車を暴走させる必要ってある？

むしろ、とりあえずは『天空の楽園』へ来てもらわなきゃ困るほうだよね？　だから、細工があったのなら、『空の間』にいた曲者たちともまた異なる人間の仕業――？

「御者に薬を盛った者は捜している最中だ。馬車に細工を施した者に関しては――クリフォード・アルダートンに嫌疑がかかっている」

「っ？」

はあああああっ？

驚愕《きょうがく》のあまり、思考が停止しかけた。

でも、そんな場合じゃない！

「あの馬車は、準舞踏会の前日と前々日、王城に駐《と》められていた。二日前の時点では整備され問題がないと確認《かくにん》されている。細工がされたとすれば前日だ。その間、お前の護衛の騎士らしき男が夜分、馬車付近にしばらく留《とど》まっていたという目撃証言《もくげきしょうげん》が出ている。唯《ゆい》一《いつ》の不審《ふしん》な出入りだ」

「その証言の信憑性《しんぴょうせい》は？　それに、らしき男、なのでしょう？　護衛の騎士はみな同じ制服です。クリフォードと決まったわけでは――」

「違うという確証もない。証言が出た以上、無視はできない。お前は疑わしき者を放置できるか？　俺には不可能だ。少なくとも、潔白だとわかるまでは監視下《かんしか》に置く」

クリフォードが謹慎になったのって、表向きは確かに私が怪我をしたせいってのもあるんだろうけど、兄の真意はこっちか……！

「……兄上の独断なのですね」

「父上に裁量権を与《あた》えていただいている。俺から父上へ過程を報告する義務はない。お前の騎士にかかっている嫌疑についてもだ」

兄が、ゆったりと足を組み直した。

「馬車の細工をしたのがクリフォード・アルダートンだとすれば、こんな道筋が見えてきはしないか？　お前の護衛の騎士も、曲者たちの一味か、何らかの関わりがあり、シルを狙っていたと。馬車の暴走現場に行き合い、シルを救出することになったのは誤算だった。だが、焦《あせ》る必要はなかった。準舞踏会での襲撃の予定があったからだ。それも失敗が濃厚《のうこう》だと悟《さと》り、曲者たちを裏切った。――さも自分は味方だというかのように『従』を倒し、振《ふ》る舞《ま》ってみせたのだとしたら？」

「クリフォードが曲者……あの『従』たちと面識があったのなら、どこか不自然さがあったはずです。わたくしやデレク、ナイトフェロー公爵やその部下のステインも気づきませんでしたわ」

「内密の協力者であったとすれば、面識がある必要などないだろう。不自然さがなく、お前たちが気づかないのは当然だ。加えて、シルを狙っているという点は同じでも、クリフォード・アルダートンには異なる動機があったと考えることもできる」

だから、曲者たちが準舞踏会へシル様を呼び出したはずが、そこへ行く前の段階で馬車を暴走させる齟齬《そご》があってもおかしくないってこと？

――クリフォードが、曲者の一人なら。

「その道筋は、兄上の想像ではありませんか！」

「ああ、そうだ」

特に否定することもなく、兄はあっさりと頷いた。

「だからこそ、すべてが俺の想像かどうか、確かめるべきではないか？　起点となる嫌疑がお前の護衛の騎士にかかっている以上は、だ」

「――兄上。わたくしの護衛の騎士へ、言いがかりとしか思えない嫌疑が生じていることは承知しました。ですが」

これだけは言わせてもらう！

「クリフォードがシル様の馬車に細工をしたなど、濡《ぬ》れ衣《ぎぬ》です」

だいたいね、百万歩ぐらい譲《ゆず》って、仮に、仮に、クリフォードが細工をしたんだとしたら、目撃されるヘマをするはずがないでしょーが！　あのチートキャラが！　あと失敗しないよね！　粛々《しゅくしゅく》と目的は確実に実行、達成するタイプだと思う！　この場合達成されたら困るけど！　ていうか、困るどころじゃないけど！

「お前がお前の護衛の騎士を信ずるのは構わない」

くーっ！　絶対クリフォードが犯人だって思ってる顔だ！

完璧超人《かんぺきちょうじん》な整った顔が整っているだけに効果倍増で鼻につく！　あんなに欲しかった書き下ろし特別イラストそのものの構図なのに……！

ハンカチを噛んでキーってやりたくなってくる。いま私、ああいう心情！　いや、平常心、平常心……。心の中で、深呼吸。

…………えーっと、あ！　深呼吸効果が出た！　兄のペースに巻き込まれてたけど、肝心《かんじん》の！　本人！　嫌疑についてクリフォードの抗弁《こうべん》が抜けてるじゃないですか！

きっと兄を見据える。

「――クリフォード自身は何と言っているのですか」

「何も」

「……何も？」

「答えようとしない。否定も肯定《こうてい》もない」

父上によると、準舞踏会での出来事については私の許可がなければ話すことはない、で通したらしいから、その流れ？

何としてもクリフォードに会わないと！

「では、わたくしが問います」

「……お前が？」

「クリフォードもありのままを答えてくれるでしょう」

潔白だと！

「クリフォードと面会することをお許しください、兄上」

「…………」

兄は、考えている様子。

もう一押《ひとお》し！

「わたくしだけでとは言いませんわ。兄上の立ち会いのもとで」

わずかに眉を顰めた兄と目が合う。念を押すように訊かれた。

「俺がいてもお前は構わないのか？」

「ええ。もちろんです。むしろ、兄上の立ち会いはわたくしからお願いしたいほどですわ」

クリフォードの主張を直《じか》に聞けば兄の気持ちも変わるかもしれないし！

自信を持って即答《そくとう》した。

が、答えは返って来ず、ひたすらの沈黙《ちんもく》が横たわった。

み、妙《みょう》な緊張感《きんちょうかん》が……！

き、気を紛《まぎ》らわせよう！　私の目に留《と》まったのは、手元の書類だった。……これ、一旦小机に置いてみようかな。日記帳の上に、と。――ああ！

もともと半分ぐらいが宙に浮いた状態だった鉛筆が落ちる――！

と見せかけて、さっと書類は置きつつ、右手を伸ばして鉛筆を華麗《かれい》にキャッチ！

「…………」

失敗。

や、書類は置いて、鉛筆はキャッチしたけど、かわりに小机の日記帳を押しちゃったんだよ！　自然の法則に従い、落下。着地するまでに、日記帳が開いて、ベシャッと絨毯《じゅうたん》に……。

左手のコントロールがいつも通りとはいかず……。

拾おう……。

私より先に、兄が動いた。椅子から立ち、落下した日記帳まで近寄ると、屈《かが》む。背表紙部分を摑んで持ち上げ、ひっくり返して――水色の瞳が見開かれた。

兄の目に入っただろうものは、日本語の文章が書き込まれたページ。私以外に読めたりはしないんだけど、それを見つめ続けている。

「――兄上？」

書き込み——日本語の文字の一つに、兄が指先を置いた。

「……懐《なつ》かしいな」

表情が、柔《やわ》らかく緩む。

「子どもの頃も、お前はよくこの文字を使って——」

突然《とつぜん》、言葉が、途切《とぎ》れた。

「っ」

顔を苦痛に歪めた兄は、こめかみを押さえるとかぶりを振った。

「兄上っ？」

寝台から出て、駆《か》け寄《よ》る。

「……何でもない。頭痛がしただけだ」

こめかみから手を離《はな》し、もう片方の手に持った日記帳を兄が閉じた。

そのまま手渡される。

受け取った、けど。

「——どこか具合でも悪いのですか？」

「いや、平気だ」

平気だって感じにはあんまり……。——待った。

兄は、子ども時代の私との記憶を忘れているんだっけ。デレクによると、そう。でも、いま……？

当時、エスフィア語が怪《あや》しく、黙々《もくもく》と日本語で日記を書いていた子どもの私と、打ち解けようとしていた兄のことが思い出される。

それを、覚えてる？　というより、思い出しかけて……頭痛がした、とか？

ふっと、兄の息が吐き出された。

「――良いだろう」

「え」

一瞬、何が「良いだろう」なのかわからなかった。

「お前の護衛の騎士との面会だ。俺の立ち会いのもとでなら、許可しよう」

49

じゃあ、兄の気が変わらないうちに、さっそく行くしかない！

軽食と飲み物は戻ってからいただくことに急遽変更《きゅうきょへんこう》。サーシャを呼んで身だしなみをチェックしてもらい、整えた普段着用のドレスと手には黒扇というスタイルが完成した。

いざクリフォードへ会いに出発！

そのままサーシャに見送られ、兄と――廊下で待機していた兄の護衛の騎士二人と共に移動を始める。

——真夜中の王城内を。

私と兄が並び、両側左右の背後には護衛の騎士が一人ずつ付き従う形で歩いているんだけど、広げた黒扇を隠《かく》れ蓑《みの》に、私は無駄にキョロキョロしていた。

こんな感じなのかあ……。

いつもだったら就寝用《しゅうしんよう》のドレスに着替《きが》えてとっくに寝台に入っている時間帯。朝まで部屋から出ない。

……実際寝ているかはともかく。

城の書庫から借りたり、シシィに翻訳《ほんやく》してもらった本を寝台でゴロゴロしながら遅《おそ》くまで読んでいたりするので！

うっかり朝方近くまで読書に没頭《ぼっとう》！　なんてこともざらです！

要するに、たとえ真夜中でも寝室でバッチリ起きていたりするものの、出歩いたりはしない。だから見慣れた城なのに目新しい感じがする。

ある種、貴重な体験かも。夜遅《よるおそ》くの王城散歩も不可能ではないにしろ、日中にするのとでは勝手が違うしなあ。

年に一度、城で開催される舞踏会のときなんかは、この時間でも自由に動き回れる。ただあれは夜から朝方までずっと人で賑《にぎ》わっているし、お祭りみたいなもので普段とは城の雰囲気もがらりと変わる。

――通常時の真夜中の王城は、大変風情《ふぜい》があった。

現在進んでいるのは大回廊《だいかいろう》と同じく、貴人専用の通路。城内内側に面している窓の鎧戸は、舞踏会が開かれているときとは違って閉じられていない。窓から月明かりに照らされた景色が楽しめる仕様。静寂《せいじゃく》と幻想《げんそう》の空間！

……悪く言えば、幽霊《ゆうれい》が出そうだけど。うん。

そんなことを考えて歩いていると、窓の外から庭園の一つが見えた。

アレクの出立を見送った後、立ち寄った場所だ。結構こぢんまりしているけど、穴場スポットなやつ。密《ひそ》かなお気に入り。

変わらず、リーシュランがたくさん咲《さ》いている。……また行きたいな。

月明かりも相まって、真夜中の庭園散歩としゃれ込みたくなってくるほど。

もちろん、そんな場合じゃな――。

「！」

私はぎょっとして立ち止まった。

「オクタヴィア？」

気づいた兄に呼びかけられ、慌てて首を振る。

「いえ……」

窓の向こうを再度確認。……あ、もういないや。

庭園に目を馳《は》せながら歩いていたら、リーシュランの中にぼうっと立つ人影《ひとかげ》が！　ひ、幽霊っ？　とすくみ上がったわけだけど、よく見たらたぶんエドガー様でした……！

父上の伴侶《はんりょ》で、私の育ての母（男）の。

エドガー様って割とフットワークが軽いから、私がしたくなったみたいに深夜の庭園散歩中だったとか？　元商人のエドガー様は、庶民感覚《しょみんかんかく》って意味では私と近いと思うんだよね！　庭園のチョイスも一緒かもしれない。

ただし、移動してしまったのか、もうここからはエドガー様の姿は確認できない。

……見間違《みまちが》いだった？

「エドガー様が……」

いたような？

「──エドガー様？」

繰り返した兄は不審《ふしん》げにこっちを見ている。

庭園にエドガー様がいた、と言おうものなら突っ込みの嵐《あらし》になりそうな気配がビシバシと！　というのも、エドガー様も普通は深夜に出歩いたりしないはず。

とはいえ、私としては深夜の息抜《いきぬ》き散歩だと考えれば有りだなって気がする。父上も許可を出してそう。

が！　ここで主張するのはやぶ蛇《へび》。何を隠そう、私もチラッと見えただけなんで、エドガー様だったか百パーセントかというと、ちょっと自信がない。

空気を読んだ！

「……何でもありませんわ」

「………」

兄が眉間《みけん》に皺を寄せる。う。重苦しい沈黙が落ちた。

それとなーく、黒扇でカモフラージュしながら兄の様子を窺う。

依然《いぜん》として眉間に皺を寄せてはいるものの、比類なく整った顔に特別苦痛の色はない。

思い出されるのは、兄が私の日記帳を拾ったときのこと。

……あれは一時的なもの、だったんだよね。

自室を出るまでの間、もう一度体調を尋ねたんだけど、やっぱり「平気だ」って返答が来て、それ以上は突っ込むわけにもいかず――いまに至る。

「………」

「………」

――ていうか、誰か！

この重苦しい沈黙をどうにかして欲しい！

果たして、救世主はやって来た！

硬質《こうしつ》な半長靴《はんちょうか》による足音と共に。

「セリウス殿下！」

「……ヒュー？」

兄が、「何故お前が？」という表情で、走って来た黒髪《くろかみ》の騎士――ヒュー・ロバーツを振り返った。


――ヒュー・ロバーツは、兄の護衛の騎士の一人。

私の護衛の騎士はクリフォードだけだけど、父上や兄、アレクは複数の護衛の騎士を抱えている。当然、エドガー様も。……私以外はって言うほうが正確かも。

ちなみに、私――王女の護衛の騎士が一人なのは、過去、何十人といた時代の反動らしい。何でも一時は国王に仕える人数よりも多かったとか。極端《きょくたん》すぎる。中間があってもいいんだよ！

それはさておき、ヒューについて。

何故私がヒュー……兄の護衛の騎士のフルネームを覚えているかというと、私と違って兄の場合は騎士がポンポン代わらないから必然的に記憶される、ということに加えて――ヒューが原作小説『高潔の王』でセリウスの信頼《しんらい》厚い人物として結構登場していたから！

いわば兄の腹心。家臣であり友人でもあるというポジション。

原作小説での登場キャラ。メイン寄りのサブって感じかな。

主に、一巻での出番が多い。

主君である兄と、シル様が仲を深めていくのを見守っているうちにシル様に惹《ひ》かれてしまうというのがヒュー・ロバーツの役どころ。

ただし、シル様に気持ちを告げることはせずセリウスへの忠誠を取り、時に二人の良き相談役となり仲介役《ちゅうかいやく》となり、どんなときも味方で在り続ける。

ポジション的に、原作での妹ちゃん――オクタヴィアに役どころが近く、オクタヴィアには兄のように慕《した》われ、作中のシスコンが入ったセリウスに面白《おもしろ》くない顔をされる一幕も。

妹ちゃんってもしかしてヒューが好きなの？　BL小説だけどヒューは失恋《しつれん》を癒《い》やしてオクタヴィアとくっつく展開っ？　と読者の間では賛否両論《さんぴりょうろん》な予想もされていた。

ちなみに私は否派だった。いや、原作の妹ちゃんが嫌《きら》いとかそういうことではなく、当て馬枠《わく》が他キャラクターと結ばれるのが苦手だったから！　振られても主人公を好きなままでいてくれ！　とまでは言わないけど、本編中に心変わりされるのはちょっと……な読者でした！

……現実での私とヒューの関係？

ふ。私と兄の仲が原作と違っている時点で推《お》して知《し》るべし！

筋金入りの兄派であり、シル様派であるヒューにとって、私は二人の邪魔をする目の上のたんこぶ的な何かなんじゃないかな！

でも、と、つと思い直す。

――デレクが意外と話せたみたいに、もんのすごく低い確率で、もしかして私が先入観《せんにゅうかん》で見ている可能性も……？

正確な年齢は失念したけど、二十代前半ぐらいで独身、下級貴族の出ながら兄の護衛の騎士に抜擢《ばってき》され、原作では優《やさ》しいお兄さんキャラとして描《えが》かれていた。

短髪《たんぱつ》の色と同じく瞳の色も黒。身近な家臣として兄が信頼している二強の片割れ。

護衛の騎士としての警護以外の仕事も、よく任されている。

あと原作での印象的なエピソードは……剣の飾《かざ》り房《ふさ》かな？　護衛の騎士就任時、セリウスから下賜《かし》された金糸を束ねた飾り房をヒューは大切にしていて、シル様が感銘《かんめい》を受けるっていう……。

で、そんなヒューが、現在、穏《おだ》やかならざる表情で兄に何やら報告していた。

声は充分《じゅうぶん》聞こえる。なのに、内容はさっぱりだった。原作でもあったけど、たぶん、兄たちが内密の話をしたいときの暗号会話が為されている。

しかし！　ここで役に立つのが原作の小説知識！

シル様が古代エスフィア語を勉強するおまけエピソードで、この暗号会話は、古代エスフィア語のアレンジだと種明かしがされていた。

聞き耳を立ててみる。

「××●●△？」

「――■×○▲△×」

私の片言習得程度の古代エスフィア語レベルでは太刀打《たちう》ち不可能……！　ついでに、どんなアレンジかとか、規則性とかは知らないんだった……！

……私は早々に諦《あきら》めた。

できることは、会話が終わるのを待つぐらい。

うーん……でも。

響きがかなり改編されてたけど、クリフォードらしき名前が何度か出てきた？

あとは、動作からして、「これは私の失態です」みたいな風にヒューが兄に謝った。

問題発生、的な雰囲気なのに、話に入っていけないのが返す返す無念。

じーっと二人を見つめるしかない。

――あ。

視界に映る兄とヒュー。何か違和感があるなーと思ったら、ヒューだ。

ヒューが腰に帯びている長剣《ちょうけん》。

その柄から垂れる金糸の飾り房は、原作同様、現実でも兄からヒューへ就任時に下賜されたもの。それが、ぶつ切りにされたみたいに、中途半端《ちゅうとはんぱ》な長さだった。

内心で首を傾げる。

——飾り房って、こんな短いデザインだったっけ？

もともと付き従っていた兄の護衛の騎士二人を顧《かえり》みる。

いきなりだったからか、二人は驚《おどろ》いた様子で見返してきた。

それには王女スマイルで応えて、すかさず彼らの剣の飾り房をチェック！

ヒューの剣の飾り房は、兄が自身の護衛の騎士に下賜するようになった飾り房の原型にもなっている。だから、この二人の持つ飾り房とデザインはほぼ同一だし、本来の長さも一緒のはず。

……二人の剣の柄から垂れている飾り房の長さは、ヒューのものと比べると、ゆうに二倍はあった。

やっぱり、ヒューの飾り房が異様に短いんだ。てことは、切れた？

戦闘《せんとう》で飾り房が切られたのかも？　と思ったけど——兄たちに向き直る。ヒューの護衛の騎士としての身だしなみは完璧。汚《よご》れとか破れたりとかはない。

——と、私が飾り房を気にしているうちに、兄とヒューの会話は終わっていた。

話していたのはごく短い間で、

「わかった」

兄が険しい顔でヒューに向かって頷いた。

「俺は先に行く。ヒュー、お前は残れ。オクタヴィアを頼む」

「お任せください」

ヒューが兄に頭を垂れる。

先に行くって？

「……兄上？」

私が思わず声をあげると、兄は手早く応えた。

「オクタヴィア。少々事態に動きがあった。ヒューが一時的にお前の護衛をする。お前はヒューと来てくれ」

言うが早いか、兄はさっと身を翻《ひるがえ》した。

呼び止めようと私が「兄上」の「あ」を口にした段階で、兄の姿はすでに遠ざかっていた。私と兄、それぞれの背後に付き従っていた護衛の騎士が兄の後を追う。

残されたのは、私とヒュー。

せ、説明を求む……！

私はヒューを見やった。

「ヒュー・ロバーツ。これはどういうことかしら」

「セリウス殿下に代わり、私がオクタヴィア殿下をクリフォード・アルダートンの元へお連れします」

「兄上は先にクリフォードのところへ行ったのよね？」

ヒューが顎《あご》を引くことで肯定した。

「事態に動きがあったというのは、具体的には？　何故兄上が先に行く必要があるの？」

「……クリフォード・アルダートンの謹慎場所に関して、変更が生じました。そのためセリウス殿下が先に向かわれています」

クリフォードは城で謹慎中なわけで、てっきり護衛の騎士用の区画にある、クリフォードの部屋にいるものだと……。変更ってことは、そこから移動？

「――どこへ？」

「…………」

ヒューが黙秘権《もくひけん》を発動したので、私も負けじと食い下がる。

「どこへ？」

「…………鍛錬場《たんれんじょう》です」

渋々《しぶしぶ》と、ヒューが答えた。

「そう……」

パシン、と黒扇を閉じる。

謹慎中なのに鍛錬場？　真夜中に？　しかも兄はそれを聞いて先に行った、と。

いい予感がまっっったく！　しない……！

私は走りやすいようにドレスを少したくし上げた。

「殿《でん》……」

日中、ぐっすり眠って体力万全《たいりょくばんぜん》。全力疾走《ぜんりょくしっそう》しても問題なさそうだよね。

熱が下がったばかりなのにぶり返したりしないかは不安だけど……もしそうなったとしても、ここはあえて無理を通すべき場面だ！

場所も判明したことだし、悠長《ゆうちょう》にしてはいられない！

目を丸くするヒューを尻目《しりめ》に、兄を追いかけて私は鍛錬場へと走り出した。

「！　お待ちくださいっ！」

待ちませんとも！

……すぐに追いつかれた。

ヒューを阻《はば》むような人混みや障害物がない上に、明確な体力の差ってものがね！　でも走り続けて、何とか鍛錬場が見えてきた。先に着いていた兄の後ろ姿が目に入る。

真夜中の鍛錬場のとある一角に、人が集まっていた。鍛錬場の中でも、主に、実技試験が行われる場所。

試合形式の対戦の際に用いられる舞台《ぶたい》。周囲には照明がわりの松明《たいまつ》が灯されている。

「剣を取れ！　『従』を倒したというのはやはり偽りか？　クリフォード・アルダートン！」

舞台には——クリフォードと、その対面に、剣を手にした兄の護衛の騎士たちが数名。護衛の騎士たちのうちの一人、金髪《きんぱつ》の騎士がクリフォードを挑発《ちょうはつ》してるんですけど！

「ネイサン！　命じたのは監視だ。このような命令を俺は出していない！」

兄の叱責《しっせき》が飛んだ。

……ネイサン？　あのネイサン？

「お前たちも何をしている！」

他の護衛の騎士にも、厳しい糾弾の声が飛ぶ。

「しかしセリウス殿下！　——あの実技試験の結果で、この者が『従』を圧倒《あっとう》できたとは思えませせぬ！　これはそれを証明させるためなのです！　必要なことです！　早急《さっきゅう》に！」

金髪の騎士だけが、兄へ反論した。

——その顔がはっきりと判別できる距離《きょり》まで近づく。……あ、クリフォードと目が合った？　もっと舞台へ寄ろうとしたところで、ヒューに腕《うで》を取られた。

「失礼。ここまでです。オクタヴィア殿下」

「離しなさい」

「いま舞台に近づかれるのは危険です。セリウス殿下も望まれません。みな、気が立っています。近づかれるのなら、後に」

「みな？　ネイサンが、でしょう？」

金髪の騎士。ネイサンのフルネームはネイサン・ホールデン。

私がしっかりくっきり覚えているように、原作に登場する。

原作でいうところの、兄からの信頼の厚い部下の二強。一人はヒュー。

そしてもう一人がこのネイサンなのである……！

サラリとした金髪に紫色《むらさきいろ》の瞳という、一見貴公子っぽい見た目ながら、『高潔の王』読者の間では、脳筋と呼ばれ一部の読者に愛されし男……！

主君の敵は俺の敵！　主君の味方は俺の味方！　主君の愛する者も警護対象！

――という、竹を割ったような性格。裏表もない。それでいて、主君の心の機微《きび》に聡《さと》かったりもする。そんなところを兄にも高く買われている……んだけど。

頭より先に本能……身体が動くタイプなんだよね。

兄の想像の範疇《はんちゅう》を超《こ》える行動を取ることもしばしばで、忠実だからこそ兄の命令を聞かないこともある。原作ではそんなネイサンをあえてセリウスは許している節があった。

護衛の騎士なのにそんなんでいいのか！　と読者としては思ったこともあれど、結局は、ネイサンだし！　で納得できてしまう人物。

しかも、なんだかんだで、ネイサンはいい仕事をする。そのときだけ切り取ってみると失敗だけど、結果的には正しかったりと。

裏表がないので周りに慕われてもいる。つまり、ネイサンが先走って動いてしまった場合でも、追随《ついずい》する人間が多い。

で、まさにそれが形になったのがいまと見た！

あと、主君の敵は俺の敵！　だから、私は当然ネイサンに敵視されております！

私がヒューと睨《にら》み合《あ》っていると、

「――オクタヴィア殿下！」

舞台上から、声が投げかけられた。この声は……ネイサン？

不要だと判断したのか、ヒューの手がすっと離れた。私も舞台に改めて目を向ける。

ネイサンの紫眼《しがん》が私を見返した。

「このネイサン・ホールデン、ぜひオクタヴィア殿下にお訊きしたい！」

50

私に視線を据《す》えながら、ネイサンは手にしていた抜き身の長剣で勢いよくクリフォードを指し示した。

「最終候補選出の際、実技試験で何の結果も残さなかった人間を──」

その動きに伴《ともな》って、剣の柄に下がる金糸の飾り房が揺《ゆ》れる。

「殿下はいかなる理由で護衛の騎士に任じられたのか！」

舞台上からその問いが、視線と共に私の元まで真っすぐに届いた。

ネイサンには、裏表がない。

すなわち、いついかなるときも直球。貴族の必須技能《ひっすぎのう》、社交の場での腹の探《さぐ》り合《あ》いがどうにもこうにも苦手で、伯爵家の出ながら次男だったことを幸いに騎士の道を選んだ、と『高潔の王』にも書いてあった。

──そんなネイサンは、もちろん質問もどストレートだった！

「理由などないわ」

で、私は直球さにつられ、答えていた。

つ、つい！

クリフォードに決めたのは、どれにしようかな〜でだし、実技試験の結果をしっかり読んだの、ほんの三日前だしなあ……。

理由って言われると……。

が、言ってしまってから気づいた。

直後に、ネイサンだけじゃなく、他の護衛の騎士や兄からも、一斉に形容しがたい視線が……！

もっと熟考して、深い理由があったっぽいことにしたほうが良かったんじゃ！

いや、この場合、絶対そう。

いまからでも遅くない。フ、フォローを……！

以前、クリフォードに同じようなことを訊かれたときは、「空からのお告げよ」って答えたんだっけ。あれで……いやいや、待った！

あのとき、クリフォードの反応、微妙だったよね……？

ネイサンたちにも使うのは避けるべき？

内心冷《ひ》や汗《あせ》をかいていると、ネイサンから、私の「理由などない」発言に対し、厳しい突っ込みが入った。

「オクタヴィア殿下は、理由なく、実技試験最下位の人間を選ばれたとおっしゃるのか」

理由なく、が強調されている。

そうだよなあ……。普通は、一位の人間を護衛の騎士に任命するところなんだよね。

そこをあえて最下位だったクリフォードを選ぶ理由……理由……。ね、捏造《ねつぞう》……。

——閃いた！

私は舞台上のネイサンへ王女スマイルを向けた。言葉を紡ぐ。

「誰でも良かったのよ」

ただし、条件付きで！

「誰でも……？」

「ええ」

しっかりと頷いてみせる。

「だって、わたくしの護衛の騎士として最終候補まで残った人間なら、何者であっても問題なく職務を果たしてくれるはず。そうでしょう？」

王族を守るのが護衛の騎士の基本的な仕事。

私に関しても、私のところへ候補として上がってきた時点で、誰を護衛の騎士に選んでも遜色《そんしょく》ないようになっている。

候補内での差はあれど、全員、実務能力は合格ラインに達している！

例えば……RPG！　レベル一じゃあレベル百のラスボスに挑《いど》んだところでお話にならない。だけど、レベル百十とレベル百五十なら、どっちでもラスボスを倒せると思う。

つまり、護衛の騎士として最終候補に入ったなら、全員レベル百十以上はある寸法。

クリフォードの実技試験の結果が最下位であろうとも、レベル的には充分。

しかも、実際のところ、クリフォードってレベル換算《かんさん》すると百十どころじゃないでしょって いう……。『従』に勝つ『従』だし、この例でいくと二百……いやいや、もっと？

「最終候補に選ばれている以上、わたくしは実技試験をことさら重視する必要はなかったのよ。それが判断のすべてというわけではないもの。だから、実技試験だけを見ても、そこにクリフォードを選んだ理由などない、と答えるしかないわ」

他の点を重視したんだよ！　と遠回しにアピール！　いい感じじゃない？　苦しいながらも押し切って、失言のフォロー完了《かんりょう》！

すると、即座《そくざ》にネイサンが口を開いた。

「殿下のおっしゃりたいことはわかります。確かに、最終候補に残った者ならば、たとえ実技試験の結果が最下位であろうとも、護衛の騎士としての職務は果たせましょう」

よーしよし。ネイサンも納得――。

「――しかし！」

してなかったー！

紫眼がかっと見開かれた。

「お訊きしているのはそんなことではありません！　ならば、殿下はクリフォード・アルダートンの何をもって護衛の騎士に任じられたのか。それをお答え願いたい！」

ネイサンの貴公子っぽい見た目がかき消されそうな勢い。

あ、明らかに、「理由などないわ」って答えたときより、反応が悪化している……！

はっとした。

私の脳内にある原作知識によれば、ネイサンは誤魔化しや屁理屈《へりくつ》は受け付けないキャラクター。で、「理由などないわ」は、事実といえば事実なんだけど、その後、私は誤魔化そうとしたわけで。

逆を言えば、ネイサンには下手な理屈や正論より素直《すなお》に――？

方向性が見えた！

「……そうね。正直に言いましょう。クリフォードを選んだのは――」

息を吸い込む。私は王女スマイルではない、素直な微笑みを浮かべた。

「わたくしがクリフォードを気に入ったからよ」

そう。素直に、理屈抜き、感情論でゴー！

「気に入った……」

今度はネイサンが明らかにトーンダウンした。ふむ、と考え込んでいる。剣の切っ先でクリフォードを指し示しているのは変わらないんだけど……。

「つまり、この者が、候補者の中では一番好ましかったと？　ゆえに護衛の騎士に」

真顔でネイサンが言った。

好……っ？

そりゃ、好ましいかそうじゃないかの二択《にたく》なら好きだけどね？　……間違いじゃない。

気に入るって表現が言《い》い換《か》えられただけなんだけど！

なんか恥《は》ずかしくなってきたから咄嗟《とっさ》に前言撤回《ぜんげんてっかい》したくなったのを堪《こら》える。

黒扇を心持ち、上げた。

いま必要なのは、単純な肯定！

かつ、自然体で答えること！

「ええ。その通りよ」

でも、王女スマイルで武装せずにはいられなかった。

「………………」

数秒の沈黙を経て、ネイサンが剣を下げた。ついで、頭を下げる。

「お答えいただきありがとうございました。このネイサン・ホールデン、不躾《ぶしつけ》な質問だったことをオクタヴィア殿下にお詫《わ》び申し上げげます」

……ほ。

ネイサンが矛《ほこ》を収めてくれれば、まあ……。

「顔を上げなさい。あなた以外にも、疑問に思った者がいるからこそその、この事態だったのでしょう」

深夜の鍛錬場に大集合的な？

「――はい」

深く大きく頷いたネイサンが、一度は下ろした剣を、再び動かした。

「ゆえに、残る疑問は、一点のみ！」

え。

「好悪《こうお》である、と。オクタヴィア殿下がこの者を護衛の騎士に選んだ理由に異議はありません。しかし」

またしても、ネイサンの持つ剣の切っ先がクリフォードに向けられた。

「この者が『従』と戦い、勝利した？　――それはいかなる言葉であっても、言葉だけでは信じられませぬ」

ネイサンがクリフォードを睨みつける。見返すクリフォードに動揺《どうよう》の色は一切ない。

「事実だというのならば、ぜひとも証明を！」

宣言するや否《いな》や、ネイサンは別の護衛の騎士から受け取った剣を左手でクリフォードの足元へ放った。

戦えっていう意思表示だ。

ただし、クリフォードは微動《びどう》だにしない。

振り出しに戻る？

やっぱり、実技試験最下位だったってことが、ネックか……。最下位でも護衛の騎士は勤《つと》められる。でも、『従』は倒せない。

……よし。

その場でクリフォードを見上げた。濃《こ》い青い瞳と目が合う。

「──クリフォード」

「は」

「ネイサンと戦って、勝ちなさい。双方共に無傷で」

ざわり、と護衛の騎士たちが目の色を変えた。

ネイサンは決して弱いわけじゃない。なのに、無傷でって条件をつけるのは、ネイサンへの侮辱《ぶじょく》ともいえる言葉。

だけど、私はこの目でクリフォードのチートっぷりを見て知っている。

こんな注文をつけてもやり遂げてくれる！

「は。……無傷で。承知しました」

まったく気負いなく返したクリフォードが、足元に放られたばかりの剣を拾い上げた。

両者が剣を構えたそのとき。

「──待て」

ネイサンと私のやり取りが始まってから、沈黙を守っていた兄。

その兄から、制止の声がかかった。

「兄上……？」

戦うのは禁止、とかかな？　それはそれで正し……と思いきや！

「ネイサンは強い。だが、ネイサンと一対一で戦い、勝っても、残念ながら『従』を圧倒したという証明にはならない。それほど、『従』とは規格外だと聞いている」

雲行きが怪しい！

「兄上は何を……」

「お前につけたヒュー以外——舞台上にいる全員と戦い、勝ってこそ、ようやく証明になると俺は思うが。もちろん護衛の騎士たちも無傷の上で、だ」

兄が勝利の難易度を上げてきた！

「どうだ？　オクタヴィア？」

腕を組んで舞台上へやってていた視線を、兄が顧みることで私へ向けた。

どうだって……。

——と。

「オクタヴィア殿下」

クリフォードに、静かに呼ばれた。

「勝利を望まれるのならば、どうぞご命令を」

全員を傷つけることなく、勝ちます、と宣言された気がした。でも。

「……無傷でなくてはならないのは、あなたもよ、クリフォード。それを忘れないで」

ふっとクリフォードが笑う。

「——は。覚えております」

51

「決まりだな」

クリフォードが答えた直後、兄が抑揚《よくよう》のない声で呟いた。水色の瞳が真っすぐに私を捉える。思わず黒扇を防波堤《ぼうはてい》にしながら見返すと、兄は念押しをするかのように言葉を付け足した。

「戦う相手の誰にも傷を負わせず、かつ、お前の護衛の騎士も無傷で勝つ。——後者はお前の望みだ。それで構わないな？　オクタヴィア」

告げられた内容が、ゆっくりと頭の中に浸透《しんとう》してゆく。

構わない……？　や、構う！

クリフォードにも怪我をして欲しくないからって、兄が上げた難易度を、味方のはずの私がさらに上げてしまった……！

ていうか！

「兄上こそ、良いのですか？　ホールデンを止めようとなさっていたのでは？」

そう！　鍛錬場に着いたとき、兄はネイサンを叱責し、諌《いさ》めていた。なのに一転、クリフォードとネイサンを戦わせようとしている。

この判断は、らしくなく感じる。

でも、事もなげに兄は頷いた。

「ああ。はじめはな。だが、ネイサンのみならず、お前の命令でクリフォード・アルダートンも剣を取った。ならば、戦わせてみるのも一興だろう？　――ネイサン！」

話の途中で、兄が舞台上のネイサンへ呼びかける。

「俺が出した条件でアルダートンが勝てば、お前も以後はこのような真似《まね》はしないと誓《ちか》うか？」

「は！　このネイサン・ホールデン、二度と証明を求めることはいたしません！」

剣を手にしたまま、直立不動に姿勢を正したネイサンが即座に答えた。

その答えを聞いた兄は、私へ向き直った。

「こうなった以上は、お前も、『従』を倒したというアルダートンの実力を証明すべきだと判断したと思ったのだが」

確かに、そもそもクリフォードに戦って勝ちなさいって最初に命令したのは私です！

だけど、あくまでネイサンとの一対一だとばかり……！　クリフォード対ネイサンを含んだほぼ全員になるとは……。

「わたくしが了承《りょうしょう》しても、兄上は反対されるだろうと思っていました」

「意外か？」

「意外ですわ」

流れには乗らないで、こういうときは断固として止めるタイプだと思うんだけどな。

どういう心境の変化だろ？

「ならば、俺が反対しないのは、お前も歓迎《かんげい》すべきことではないか？」

「……ええ」

対戦はもう決定事項。

なら、いまからでもクリフォードの助けになりそうな何かを引き出さねば！

「とはいえ、このままではあまりにもクリフォードに不利です。環境《かんきょう》を整えるぐらいはお許しください」

兄は無言。駄目《だめ》ではないと解釈《かいしゃく》して、とりあえず話を続ける。

「わたくしの護衛の騎士に、武器を選択《せんたく》する権利を」

クリフォードに視線を向け、私は問いかけた。

「──クリフォード。望む武器を言いなさい」

濃い青い瞳がちょっと見開かれる。ついで、口元が弧《こ》を描いた。答えが紡がれる。

「それならば、訓練用の槍《やり》を」

クリフォードがその場で私へと頭を垂れた。

舞台上の空気が揺れる。占《し》めているのは、不快感と怒り。私がクリフォードに「ネイサンと戦って双方共に無傷で勝つように」と口にしたとき以上の。

意表を突かれたのは、私もだった。

難しい条件で対戦せざるを得ないなら、せめて武器ぐらいは、と考えての提案だったんだけど。

……槍？　しかも訓練用の？

あ、でも、以前ダンスの練習で踊ったとき、一番馴染《なじ》むのは槍って言ってたっけ。

乱戦時にも役立つって……そういう意味でのチョイス？

訓練用っていう指定も、本人が言うんだから間違いない！

よし。全面的にクリフォードの意見を採用すべし！

クリフォードのチョイスを私からも兄に代弁する。

「兄上。クリフォードへ訓練用の槍をお与えください」

「訓練用……穂先《ほさき》が潰《つぶ》された槍か」

「はい」

私は勢い込んで頷いた。

一瞬私を見てから、

「アルダートンに望みのものを」

と、腕を組んだ兄が淡々《たんたん》と指示を出す。すぐに訓練用の槍が舞台上に持ち込まれた。ネイサンが、それを自分でクリフォードに手渡した。かわりに、クリフォードが手にしていた剣はネイサンへ返される。

用意された訓練用の槍は、穂先……本来先端《せんたん》にあるべき刃が潰されていた。

槍というより、もはや長い金属製の棒？

「これで良いな？　オクタヴィア、アルダートン」

兄に問われ、咄嗟に舞台上のクリフォードを見上げる。

「――願わくば、双方の敗北条件に、『武器を手放すこと』と追加を」

槍を両手に持ち、構えたクリフォードが口を開く。

「問題ない。確認するが――オクタヴィア」

クリフォードの発言を受け、兄が私だけに視線を据えた。

「武器を変更するのは、アルダートンのみだ」

はっとした。

クリフォードは訓練用の槍、だけどネイサンを筆頭に他は実戦用の長剣だぞってことだよね？

舞台上を見れば、ネイサンはそれが不満らしい顔つきをしていた。クリフォードの実力は測りたいけど、相手が訓練用の槍なら、自分たちもそれに準じるべきだって考えてそう。

クリフォードは――。

目線が、しっかりと合った。

クリフォードが、本当に、微かに頷く。

言葉はなかったけど、意味はわかった。

たぶん、大丈夫だって意味。

「………」

それに応えて何か言おうとして、止《や》めた。

私もクリフォードへと、小さく頷き返した。

ついで、兄へと答えを返す。

「準備はできましたわ。始めましょう、兄上」


——剣を手放すことになった護衛の騎士が愕然とした顔をしている。その間にも、クリフォードが操《あやつ》る訓練用の槍は止まることなく動いている。

クリフォードの戦いぶりは、現実味がない。例えるなら、ノンストップのアクション映画。しかも、主役があり得ないアクションを呼吸するかのようにこなしている。

まるで、槍と一体化しているかのようだった。

剣と槍では、槍のほうがリーチが長い。それを生かして、クリフォードは相手に近づかせることなく、かつ狙いを、相手の持った剣に定めていた。

抜群《ばつぐん》のコントロール能力で、相手の武器を狙い、弾《はじ》く。

開始の合図数秒で、三人が剣を取り落としていた。

その三人を教訓に、残った者は油断なくクリフォードに対する。だけど、ネイサンを含め、舞台上に八人いた護衛の騎士は、数分も経たずに三人にまで数を減らしていた。

もちろん、誰も怪我をしていない。

ただ――剣が真っ二つに折れてしまった騎士はいた。

素人目《しろうとめ》でも、わかる。

直に戦っている本人たちが、おそらくは一番に。

ネイサンたちも、善戦している。決して弱いわけじゃない。でも、クリフォードはその上をゆく。

ついに、武器を持って舞台に立っているのは、クリフォードとネイサンだけになった。

二人とも、無言。対戦中も、一切の会話はない。

それは、私と兄も。

食い入るように、ただ舞台上だけを見つめている。

――ネイサンの戦い方が、少し変わった。槍が届かない位置を取り、逃げ回っているようだったのが、逆だ。むしろ、槍の潰れた穂先に身体ごと突進《とっしん》していってる？

ぎゃ！　いまの！

クリフォードが槍を引かなかったら、胴体《どうたい》を貫通《かんつう》してるって！

自殺願望？　ネイサン！

そんな攻防《こうぼう》が、何回か続いた。

さすがに私もネイサンの考えが読めてくる。

これ——もしかして、無傷でっていうのを、逆手《さかて》に取ってる？

ネイサンが傷の一つでも負えば、自動的にクリフォードの負け。

クリフォードの槍を操る技量がなければ、ネイサンはとっくに深手《ふかで》を負っている。だけど、実際のところ、技量がある。変な話、実力差を理解して——クリフォードの能力を利用して、ネイサンは自分自身を人質《ひとじち》にする戦い方をしてる。

そしてネイサンは——唯一、クリフォードの懐《ふところ》に飛び込むことに成功した。

本人にとって無理な体勢で接近したんだろうネイサンは、片膝《かたひざ》をついていた。でも、剣を振るうのに支障はない。ネイサンの剣が、下からクリフォードを素早《すばや》く斬《き》りつける。

だけど、そこにクリフォードの姿はなかった。

『空の間』でも見た、『従』ならではの、動き。ネイサンの剣は宙を斬っただけ。

跳躍《ちょうやく》したクリフォードが槍をその剣に——。

「いや、参った」

ネイサンがすっきりした面持《おもも》ちで笑った。

槍が、ピタリと止まる。

ネイサンが、自分から剣を手放したからだった。

剣の落ちる音が響いた。

片膝をついたままのネイサンは、舞台上に立つクリフォードを見上げた。

「完敗だ。『従』を倒したという話も、頷ける。いらぬ疑惑をかけた。謝罪する」

ゆっくりと、ネイサンが立ち上がる。クリフォードに落ち着いた様子で問いかけた。

「しかし、これが実力なら、何故実技試験で手を抜いた？」

「無駄な努力を省《はぶ》いたまでですが」

息一つ乱さずに、クリフォードが応える。

……無駄な努力？　私の頭の中で「？」マークが飛んだ。

「――何だと？」

「私が護衛の騎士に任じられるとは、思っていませんでした。アルダートン伯爵家の人間が選ばれることはないと幾人かの方々から伺《うかが》っていました。試合は形式的なものに過ぎず、既《すで》にオクタヴィア殿下の護衛の騎士は内定していると。最初から結果の決まっている試合に本気で挑む者がいるでしょうか？」

幾人かの方々って誰？　いや、アルダートン伯爵家の人間は……って言いそうな人たちはいてもおかしくない。

だけど、内定していたクリフォード以外の騎士？

女官長のマチルダから渡された書類に、内定している騎士はこの人です！　とかなかったよっ？

「では何故候補を辞退しなかったのだ？」

ネイサンが問いを重ねる。

「私はアルダートン伯爵家に養子として迎えられた身です。義父上《ちち》の要望にて」

出来レースだからやる気も出なかったし、かといって、義理の父親になったアルダートン伯爵の意向には逆らえないってことか……。

だけど謎なのは、私の護衛の騎士に内定していたっていう人物だよね？　父上だって一言も……。

あ、訊けそうな人がここに！

「兄上は、わたくしの護衛の騎士に内定していた者をご存じですか？」

同じ王族、そして第一王子の兄！

兄は、ため息をついた。

「……知っている。俺が、父上に提案した」

何と！

「ヒューのことだ」

「！」

初耳すぎる。

控えていたヒューに視線をやると、ヒューは軽く一礼した。

「兄上の腹心たるヒュー・ロバーツをわざわざ、ですか？」

「お前の護衛の騎士を任せるに足る人間だと俺は考えているが？」

護衛の騎士としては、申し分ない。その通り。恋人を作って異動……もなかった、かな？

私とヒューが原作通りの関係なら、たぶんお互いWin-Winだったのかもしれないけど。

うーん……。ヒューが私の護衛の騎士……。そ、想像できない。

「ヒューの意思もあるのではありませんか？」

「……本人は了承していた」

えっ？　それってもしや兄とシル様の障害にならないか、私を監視する的な意味で？

……被害妄想かな。

「ですが、わたくしの元には正式なお話として届いておりませんでしたわ」

知ったのいまね！　いま！

「直前になって父上が却下されたからだ。お前には候補の中から選ばせると。しかし、内定者の話は広まっていたようだな」

　父上、ナイスアシスト！　父上が却下していなければ、私はどれにしようかな～でクリフォードを選べなかった！

「わかりました。過ぎたことですわ。もっとも、これでクリフォードが過去の試合では実力を発揮しなかった理由も理解くださったのでしょう？　それに、『戦う相手の誰にも傷を負わせず、かつ、無傷で勝つ』。クリフォードは条件を満たした上で勝利しました。これで、クリフォードを解放していただけますか？」

　兄は、首を横に振った。

「無理だな。お前の護衛の騎士が、シルの乗る馬車に細工を施した嫌疑は晴れていない。ここで証明されたのは、『従』を実力で倒したという可能性だ」

　ぐぬぬ。なし崩《くず》しにはいかない、か。

　じゃあ、さくっとクリフォードに尋ねましょう！

　パシンッと黒扇を閉じる。

「クリフォード。このように兄上はおっしゃっているわ。あなたはシル様の馬車に細工をしたのかしら」

　してないって限りなく百パーセントに近い感じで確信してるけど！

「――いいえ。しておりません」

ほらね！

「では」

すぐさま兄が強い口調で糾弾した。

「アルダートン。何故そういままで弁明しなかった？　事実を述べれば良かっただけだ」

私も、不思議に思った。私の許可がなければ話すことはない、で通したにしても、自分に嫌疑がかかっている状況なんだし。

「クリフォード。わたくしも訊きたいわ。沈黙を守った理由があるの？」

「――曲者のいる危険性のある場所で私が事実を述べたところで、意味はないかと判断しておりました」

つまり、どういうこと？

「その事実を、わたくしに教えてほしいわ」

「私は準舞踏会の前日、殿下の元を辞し自室へ向かう折に、遠目ですがバークス家の馬車付近で人影を目撃しました」

一日の護衛の任務を終えてから……夜か。

あれ、でも。

「クリフォードはその者を不審だとは思わなかったということ？」

「はい、殿下」

「何故？」

「私同様、護衛の騎士の制服を着用し——剣には、金糸の飾り房が」

「！」

金色の、飾り房、ということは。

「兄上の、護衛の騎士の誰かが？」

「は」

クリフォードが、簡潔に肯定した。

通常なら、夜分、シル様の乗った馬車近くにいたこと自体は、護衛の騎士ぐらいになると問題視されない。時間帯問わず、護衛の騎士は個人の裁量で王城内を移動できる立場。

それこそ、クリフォードだって。

今回は、シル様の馬車が暴走した件があったから、疑われているだけで。

もちろん、通常時なら、夜、兄の護衛の騎士がシル様の馬車近くにいるのは別におかしくない。むしろ自然。兄が命じたのかもしれないし、それこそ馬車への見回りかもしれない。

でも、馬車の暴走が起きる前日の夜に、その馬車に近づいた兄上の護衛の騎士がいたのなら——？

その人物は、すごく疑わしい。

「兄上は、護衛の騎士の誰かに、シル様の馬車の様子を夜間見てくるように、と命令でも？」

「――していない」

苦い顔で、兄が答えた。

「では、どうかクリフォードの述べた事実を無視しないでください」

シル様の馬車に細工をした人物がすぐそこに交じっているかもしれない状況で、「いや、そっちに犯人がいるから！」とかそりゃあ迂闊《うかつ》にはクリフォードも言えない。

兄の問いがクリフォードへ飛ぶ。

「遠目だったのだろう？　顔は見たのか？」

「いいえ」

「それでどうして俺の護衛の騎士だとわかる？　顔を見ずに飾り房だけを見分けたというのか？」

「――私の癖《くせ》のせいです」

兄が眉を顰める。

「人を見る際、私は相手の武器を確認します。その人影を目撃した際も、まず武器を」

そして、クリフォードが確認した剣には、兄が、自分の護衛の騎士だけに下賜する飾り房があった。

控えているヒュー。そして舞台上のネイサンと、他の護衛の騎士。

原作では、兄の護衛の騎士が、こんな風にシル様を傷つけようとする事件はなかった。

でも、クリフォードが嘘を言うとも思えない。

「――兄上。クリフォードへの嫌疑は、証言のみでしたわね？　このクリフォードの証言はどう処理なされます？　新たに現れた疑わしき者を、兄上は放置できますか？」

原作のセリウスなら――兄なら、できないって、言うはず。

52

即座に、兄は口を開こうとした。

が、どうしてか、途中で動きが止まる。

声が発せられることはなく、唇《くちびる》が引き結ばれた。

流れる沈黙。

あ、あれ？　返答が来ない。

新たな容疑者を放置できるか、できないか。

ここは一択《いったく》しかないと思うんだけど、不安になってきた……！

心のそわそわを隠すため、黒扇を開く。

兄は、いわば原作小説『高潔の王』の主人公の一人であり、ヒーロー。

かつて純然たる読者だった私は、そんなヒーローのセリウスにキャーキャー言っていた過去がある。

でも、そのおかげで、兄の出方ならなんとなく読める！　とも思っている。

微妙に役立つ原作知識！

――今回の一件とは違うけど、似たような問いをセリウスが投げかけられるシーンが原作に存在する。

諸侯会議《しょこうかいぎ》前後にわたって起こるエピソードの一つ。

不倫貴族《ふりんきぞく》派の手下が犯人！　それを薄々《うすうす》セリウスたちはわかっている！　という事件で、不倫貴族派から攻《せ》めの一手！

ヒューに嫌疑がかかり、公衆の面前で犯人として糾弾される。もちろんでっちあげなんだけど、証拠《しょうこ》が揃《そろ》いすぎていて、その場ではセリウスもヒューを表立って庇《かば》うことができない。

トドメのセリウスへの質問がこれ。

『セリウス殿下。証拠がすべてを示しているのですよ。それとも、よもやご自身の護衛の騎士であるというだけで、その者を潔白だとでも言い張るおつもりか？』

『……衛兵。ヒュー・ロバーツを拘束《こうそく》せよ』

断腸《だんちょう》の思いで、セリウスはヒューを捕らえる命令を出す。

『庇われるのではないかと不安に思っておりました。セリウス殿下は、実に公平な方であらせられる。犯人が捕まり、安心いたしました』

政敵の貴族がほくそ笑《え》むエピソード。

読んでいて敵にイラッとしたなあ……。

が！　だからといって、もし、「とにかくそっちが怪しい！　ヒューは絶対無実だから！　調べる必要なし！　疑いや証拠があっても味方なら全スルー（意訳）！」みたいな返答をするキャラクターだったら、それは違うっていうね！

あのシーンは、セリウスがヒューを信じながらも拘束する決断を下すからこそイイ！

後日開かれた裁判では敵に完全勝利するし。

うん。だから今回も、原作のセリウスと同じで、疑わしい人間を――それがたとえ自分の護衛の騎士たちであっても――兄なら、放置はできないって言う、はず、だと……？

ええい、催促《さいそく》してみよう！

「あに……」

「セリウス殿下！　我々は王家、ひいては殿下に忠誠を誓っております。我々の中に不届き者など決して……！」

催促しかけたら、護衛の騎士の一人の訴えと見事に被《かぶ》った。

兄の騎士たちのほうを見ると、賛同している人間が多数の模様。

クリフォードが苦し紛れに嘘の証言をしている、とでも思っているのか、我慢《がまん》ならないという様子でクリフォードを睨んでいる騎士もいる。

予想外だったのは、ネイサン。私の独断と偏見《へんけん》では、彼こそさっきの騎士のセリフを率《そっ》先《せん》して言いそうなイメージだった。ところが、クリフォードが試合に勝ったときはすっきり——霧《きり》が晴れたような顔をしていたのに、一転、考え込んでいる。

兄のもう一人の腹心、ヒューは、表情を崩すことなく沈黙していて、賛同なのかそうじゃないのか不明。どちらにせよ、兄の意に沿う働きをするのが原作でのヒューという人物なんだけど。

「クリフォード・アルダートン」

「！」

バッと視線を兄へ戻す。

ようやく口を開いた兄が呼びかけたのは、クリフォードだった。

「お前の発言に、嘘偽りはないと、天空神に盟《ちか》えるか」

この、天空神に盟うっていうのは決まりきった文言で、主に神に対するもの。主君と臣下との間で交わす誓いとはちょっと性質が違う。盟えば当然『私は嘘偽りを申していません』ってことになる。

待てよ？　兄がクリフォードに質問した意図を考えると、盟いは、効果的かも。

「いいえ。それでは足りません」

私は話に割って入った。

「足りない？」

「悲しいことですけれど、兄上はクリフォードを疑っていらっしゃいます。ですから、その言葉にも疑いを持ってしまうのでしょう？　……兄上の騎士たちも。たとえ、クリフォードが天空神に盟ったとしても、それが変わるとは思えませんわ」

だから、盟いは盟いでも。

「クリフォードには、天空神ではなく、わたくしに盟わせましょう。これで、クリフォードの証言は、わたくしが口にしたも同然のものとなります」

天空神に盟う以外に、天空神の部分を置き換えて、個人に盟う場合がある。

こっちのほうが盟いとしては重い。

何故なら、本来は神へ盟うもの。一方通行では成り立たず、盟われるほうにこそリスクがある。神に代わり、盟いを受け取る――盟われる側も、同様の責任を負うってこと。

今回でいうと、クリフォードが天空神に盟って発言したことが嘘だった場合は、クリフォードが処罰を受ける。

私に盟って、嘘だった場合は、私も連帯責任で罰を受ける。

ただし、盟いが成立した時点で、クリフォードの発言にも重みが増す。クリフォードの証言＝私の証言扱《あつか》いになる仕組み。

クリフォードが証言者として怪しいっていうなら、私が後ろ盾《うしろだて》になってそれを払拭《ふっしょく》すればいいだけのこと！　王女の私は、後ろ盾として最適！

王女の証言扱いとなれば、権力が付加されて信憑性も増すってもんでしょ！

「……本気か？　偽証《ぎしょう》だった場合は、お前にもその咎が行くんだぞ」

少し、兄の声には怒気《どき》のようなものが交じっていた。

いや、でもこれ、原作のセリウスの真似だし！

でっちあげの証拠で捕まった後、容疑者なんだけどヒューが証言に立つことになったとき、不倫貴族派から証言者としては不適格だって猛抗議《もうこうぎ》を受けるんだよね。で、セリウスはヒューに第一王子である自分への盟いを立てさせることでそこを切り抜ける。

ヒューの飾り房エピソードと呼応するシーンでもある。

「兄上も、もし疑われたのがヒューなら、同じことをなさるはずです」

まあね、原作だとセリウスも側近の一部に怒《おこ》られてたけどね！

敵の目論見《もくろみ》通りヒューが犯人として刑《けい》に処せられていたら、セリウスもその罪を負うことになっていたって。セリウスに盟わせたのは、万が一のことを考えれば軽率だったたっていう意見。

でも、ヒューは嘘なんて言わないし、犯人でもないって信じていたから、セリウスは正《せい》攻法《こうほう》で臣下を援護《えんご》した。

私もそれを採用！

「──クリフォード！　ここへ！」

呼ぶと、クリフォードは身軽に舞台から飛び降りた。舞台は地面より高めに造られていて、私だったら飛び越えるのは百パーセント無理な囲いがあるんだけど──槍を手にしたまま、特にバランスを崩すこともなく着地し、私の前まで来る。

盟いのために呼んだんだけど、そのせいか、クリフォードの行動が止められることはない。

「オクタヴィア、お前へ盟わせる必要はない。そこまでは俺も望まない」

だけど、兄から私への制止の声はあがった。

「天空神に盟いましょうか？」

加えて、クリフォードにも尋ねられる。う～ん……。

「クリフォードは天空神に盟いたいの？」

「……そういうわけではありませんが」

一応再考してみる。でも結論は同じだった。

天空神の盟い、個人版のデメリットって、盟う人間が嘘をついていたときだけなんだよね。

「それなら、わたくしの答えは『いいえ』よ」

黒扇を閉じて、スタンバイ！

「準舞踏会の前夜、金糸の飾り房をつけた護衛の騎士——兄上の護衛の騎士を目撃した。その言葉に偽りがないなら——クリフォード、天空神ではなく、わたくしに盟いを」

言い切ってクリフォードを見上げると、濃い青い瞳が真っすぐに私を見下ろしていた。

「御意《ぎょい》に」

頷いたクリフォードから、盟いの言葉が紡がれる。

「——天空神ではなく、オクタヴィア殿下に盟いを」

天空神への盟いは、盟いの言葉と共に武器を手放して捧《ささ》げることで成立する。力を手放し、その庇護に入るっていう比喩《ひゆ》。

個人版の場合は、盟う者が盟われる者に自分の武器を渡して、一緒に持つ、になる。

双方、必ず左手を出し合って、互いだけで持ち合う。

利《き》き手《て》は右手なのが一般的《いっぱんてき》だから、扱うのには苦労が多い左手で——神に委ねるのよりも困難が伴うぞって意味がある。左利《ひだりき》き、両利きの人のことやその他のレアケースは完全スルーされている模様。

ええっと……盟われる側から左手を差し出すんだっけ。武器を渡してもらう、と。

はい！

右手に閉じた黒扇を持ちながら、左手を胸の前に出した。

盟いに則《のっと》れば、いまクリフォードが持っている武器は穂先が潰れている槍なので、槍を一緒に持てばＯＫのはず！

私の左手の包帯を目にしたクリフォードの視線が、少し揺れた、気がする。

腹が立つって言ってた、あのときの怒りを思い出したとか……？　わ、和解！　和解したよね私たち！

「——殿下は左手に怪我をしていらっしゃいますので、お気をつけください」

クリフォードが、左手で持った槍を私のほうへ近づけた。

槍の柄《つか》を握ってみる。

……うん。全然重くない。紙以下ですね！　気をつけるも何もなかった。

あくまでも槍を持っているのはクリフォードで、私は握るという体《てい》で実質槍に触れているだけだ。

これはどうなのか……。

私も重みを感じるべきじゃあ？

抗議《こうぎ》の視線を送ると、クリフォードはちょっと困ったような感じに微妙に表情を変えた。

私の要求は伝わっているっぽい。でもやっぱり紙以下の重みな金属製の槍。

――と。

「……充分だ。オクタヴィア、クリフォード・アルダートンの証言は、お前の言葉と等しい。俺だけではない。この場にいる全員が、そう理解した」

自分の騎士たちにも言い聞かせるかのような兄の声が響いた。

心の中でガッツポーズ！

「では、その上で兄上、わたくしの質問にお答えください。まだ答えをいただいておりませんわ。新たな疑わしき者を放置できるか、否か」

今度は、即答が来た。

「もちろん、疑わしき者を放置するわけにはいかない」

と、いうことは！

「証言が出た以上、無視はできないだろう。……そもそもは、俺が言ったことだ」

ん？　兄が言ったこと？

思い返してみる。いつ――あ、私の部屋でのことか。

『その証言の信憑性は？　それに、らしき男、なのでしょう？　護衛の騎士はみな同じ制服です。クリフォードと決まったわけでは――』

『違うという確証もない。証言が出た以上、無視はできない。お前は疑わしき者を放置できるか？　俺には不可能だ』

うん、言ってた言ってた。

なのに、クリフォードの証言は無視！　なんて決定したら、特大ブーメランになって兄に跳《は》ね返《かえ》ってくるやつ。

たしか続きが……。

「少なくとも、潔白だとわかるまでは監視下に置く、とも」

「ああ」

「兄上の騎士たちにも、クリフォードと同様の措置《そち》を？」

兄が頷く。

「取る」

「！」

何だかトントン拍子《ひょうし》にいきそうな予感！


予感は予感であって、外れるためにあるって忘れてたよね。

はあ。黒扇で口元を隠しながら、深いため息を一つ。

すかさず、声がかかった。

「オクタヴィア殿下。お加減でも？」

「体調はとても良いわ」

ヒューからの問いかけに、王女スマイルで私は答えた。

……ヒューからの。

兄の護衛の騎士で、兄からの信頼も厚いヒュー・ロバーツからの。

ここ重要！

実際、体調は良い。

夜中に動き回った割に朝はいつも通りに起きれたし、朝食の卵料理——前世でいうふわふわとろとろのチーズオムレツ——も美味《おい》しくいただきました！

平熱だし、城お抱えの医師の診察《しんさつ》も受けて左手の包帯も巻き直され、傷の悪化はしておらず問題なしのお墨付《すみつ》きをもらった。

ただし。

深夜の鍛錬場で起こった兄との攻防を経て、一夜明けた現在。

ヒュー・ロバーツが私の護衛に就いております……！

こうなったのは、相反する二つの証言のせい。

シル様の馬車に細工をした人物として、兄が疑いをかけているのはクリフォード。ある証言者によると、その人物は護衛の騎士の制服姿で、クリフォードに似ていたそう。

対し、クリフォードの証言によると、クリフォードも夜分、件《くだん》の馬車付近で人影を目撃している。兄付きの護衛の騎士である証《あかし》、金糸の飾り房を剣につけた人物を。

どちらのケースでも、暴走事故の起きる前夜に、護衛の騎士が目撃されている。

違いは、所属。

私の護衛の騎士――クリフォード。

兄の護衛の騎士の――誰か。

あの後、推理小説でいう、アリバイ確認が兄の護衛の騎士全員に行われることに決まった。

アリバイ有、シロ確定の人物は、通常任務に。

アリバイ無の騎士は、クリフォード同様、監視下に置かれる。任務からも外れる。

ここまではトントン拍子。私も納得。

そこから、クリフォードの解放を狙って、護衛の騎士がいないなんて身の安全に不安を感じます路線で私は兄に強く訴えた。

……のが、裏目に出た。

『いいだろう。お前にしばらくヒューをつけよう』

いいだろう、の意味が違う……！

ヒューは、兄の護衛の騎士の中で、あの場で確実にアリバイがあると確認できた一人。

裏付けも取れている。

原作の立ち位置からして、ヒューがシル様の馬車に細工をした犯人のはずがないんだけど。あと、ネイサンもかな。

ただし、犯人ではないにしても、兄の腹心である点は変わらない。

下手な行動をすれば、兄へ筒抜《つつぬ》けになりそうな予感がするんだよね……。

気が、気が抜けない……！

何より、慣れない。クリフォードが控えているのが日常の一部と化していたんだなあって実感した。変な感じがする。

シル様への面会も、今後のクリフォードへの自由な面会も、書庫への出入りも、予定にあった城下視察の件も却下だったし……。

心の中でぶんぶんと首を振る。

いや、良い点に目を向けよう！

昨夜、兄と対峙《たいじ》したおかげで、改善点はあるにはあった！

まず、私の行動範囲がちょびっとだけ広がった。

自分の部屋以外に、庭園散策ができるようになった！　来客者に見せびらかすための庭園じゃなくて、規模的には小さい庭園の一つ。エドガー様を見掛《みか》けて、真夜中の庭園散歩にしゃれ込みたいって思った場所。……クリフォードにリーシュランの花を髪飾りとしてつけてもらった場所でもある。

こっちの庭園のほうで要望したら、通った！

やっぱりずーっと室内に閉じこもっていると気が滅入《めい》るしね。

城の敷地《しきち》内でも、外に出て空気は吸わないと！

というわけで、思いっきり深呼吸してみる。

本日は絶好の散歩日和。

私はさっそく唯一勝ち取った散歩の権利を満喫《まんきつ》している。

庭園の中央部までやって来ていた。

手入れは行き届いていて、白い花――リーシュランがささくれだった私の心に癒やしを与えてくれる。しかもこの花、毎回思うけど、香りも良い。ほのかで上品。私の想像が当たっているなら、こういうところを女王イデアリアも好んでいたんじゃないかな。

庭園効果は抜群だった。心なしか、頭の働きも良くなった気が！

いまなら名案が思いつくかも！

たとえば――うーん……。

いっそヒューを味方に引き込むとか！

改善点その二。ヒューを通して、兄とは以前より格段に楽に連絡を取れるようになると思われる。

後ろを振り返り、控えているヒューの姿を視界に入れる。

私が原作通りのオクタヴィアだったら、ヒューとは友好関係を築けていたはず。

いまからでも遅くはない……？

正直、現実のヒューの人物像は、兄の腹心ってことしかわからない。顔も名前も知っているし、生活する上での行動範囲は重なっているものの、それだけ。

ヒューに警戒《けいかい》されない、自然な会話の糸口を……。あ。

「ヒュー。あなた、その金糸の飾り房はどうしたの？」

「セリウス殿下から下賜されたものです」

「それはわたくしも知っているわ。本来は、もっと長いものでしょう？」

なのに短い！

「何故、このような問いをなさるのですか」

「……違和感があったから、かしら」

原作ヒューが超超超《ちょうちょうちょう》大切にしている金糸の飾り房が短くなってるんだよ？

でも、反応からして、会話の糸口としては失敗した感が。

「――答えるかわりに、私から殿下へ質問してもよろしいでしょうか」

意外にも、一拍《いっぱく》間をおいて、ヒューはそんなことを口にした。

「わたくしに答えられる質問なら」

何でもってのは無理だから！

「もしもの話です。たとえば、殿下が国王陛下から二つの命令を下されたとします。しかし、その二つの命令は対立しています。殿下は、二つの命令のうち、どちらか一つの命令に従わなければなりません。殿下なら、どうやって遂行《すいこう》する命令を選ばれますか？」

「……命令の内容は？」

「内容自体は問題ではありません。対立する命令であれば、どんなものでも。殿下ご自身に即《そく》してお考えください」

私が父上から、正反対の命令を受けたとして……？

内容は――パッと思い浮かんだのが、政略結婚しなさい！　と、恋愛結婚しなさい！の二択だった。例としてはこんなのでも良いのかな。で、どっちの命令にするか、と。

「わたくしなら、従いたいほうの命令を選ぶわ」

恋愛結婚を選ぶ！

「従いたいほう」

呟いたヒューが、目を伏《ふ》せる。

「……そのような考え方も、あるのかもしれません」

てことは、ヒューの基準は異なるってことか。

「参考になれば嬉しいわ」

質問が意味不明すぎて、ヒューの参考になった気は全然しないけど！

「次は、私が殿下にお答えする番ですね」

言いながら、ヒューは腰に佩《は》いた剣の柄を掴んだ。金糸の飾り房を手のひらにのせる。

「これは、私の不手際《ふてぎわ》の結果に過ぎません。数日前の任務遂行中のことです。捕らえはしましたが、敵に後《おく》れを取り、飾り房が切られました。自分の未熟さゆえのことですので、戒《いまし》めとしてこのままにしています。それがオクタヴィア殿下には見苦しく映られたようです。お詫び申し上げます」

台本でも用意していたような答えを述べて、騎士のお手本のような動作で頭を垂れる——も、ヒューは数秒もおかずに顔を上げた。

柄に触れたままある方向を振り返る。

ほぼ同時に、ヒューが振り返った方向から人影が現れた。

手はすぐに剣の柄から離れ、かわりにヒューは現れた人物に対して頭を垂れた。

父上の次に偉い人だしね。

摘んだばかりのリーシュランの花を抱えたその人が、眼鏡越《めがねご》しに焦《こ》げ茶色《ちゃいろ》の瞳で私とヒューの姿を認めて、軽く目を見開く。

「オクタヴィアに……ヒュー？　珍《めずら》しい組み合わせだね」

エドガー様は、そう言うと微笑んだ。

デレク・ナイトフェローと『あの日』

はあ、とデレクは息を吐《は》いた。

自室の明かりを灯《とも》し、上着を投げる。

準舞踏会《じゅんぶとうかい》から丸一日経過し、ようやく、一旦《いったん》帰宅できる時間が取れた。

とはいえ、王都内にあるナイトフェロー公爵家《こうしゃくけ》の別邸《べってい》に着いたのは、真夜中のことだった。

襟元《えりもと》を緩《ゆる》め、椅子《いす》に深く腰掛《こしか》ける。

シルは保護され、一通りの報告も済んだ。父は父でイーノック陛下《へいか》と話したようだ。自分も、セリウスに伝えるべきことは伝えた。——あとはセリウスが情報を精査し終え次第《しだい》、また事態は変わるだろう。

王城でのセリウスの様子を思い出し、クシャリと前髪《まえがみ》をかく。

長い付き合いだからわかる。セリウスは相当の努力をして冷静になろうとしていた。

そして、オクタヴィアへの不信感を強めていた。

「本当に、昔と逆だな……」

ぼやく。かつては、オクタヴィアに悪感情を抱《いだ》いていたのはデレクで、セリウスではなかったというのに。

セリウスは常に妹を気にかけていた。

『……オクタヴィアの俺とアレクへの扱《あつか》いの差はひどいと思わないか？』

至極真剣《しごくしんけん》に同意を求められ、毎回、いい加減にしろよと天井《てんじょう》を仰《あお》ぎたくなったものだ。

『アレクもアレクだ。これ見よがしにオクタヴィアとの仲の良さを俺に見せつけるように……』

『なんで、オクタヴィア殿下《でんか》をそう気にかける？』

『妹だぞ？』

『妹ねえ……』

当時は不思議でならなかった。自分がセリウスの立場なら、オクタヴィアは可愛《かわい》くない妹だ。とにかく態度が。オクタヴィアはセリウスを拒絶《きょぜつ》していた。そんな妹を可愛がって何が楽しいんだ？　加えて、父がオクタヴィアには甘いのも気に入らなかった。

『デレク。もし動物に例えるなら、オクタヴィアは何だと思う？』

『何って……』

『俺は子猫《こねこ》だと思う。それも、震《ふる》えて警戒《けいかい》している。弱々しい』

セリウスは真顔で言っていたが、まったく賛同できなかった。

『はあ？　セリウス……頭は大丈夫《だいじょうぶ》か？』

神童と呼ばれ、あの父に可愛がられている第一王女が――弱々しい？

年下なのに年下に見えず、自分が何をしてもちっとも堪《こた》えない気丈《きじょう》なオクタヴィアが？

自分の中で、その考えや、オクタヴィアが気に入らないという感情は、セリウスと大喧《おおげん》嘩《か》して父に強く叱《しか》られた後でさえ変わらなかった。

……それが変わったのは、あの日からだ。

城下町にも植えてある、外交使節団から贈《おく》られた遠国由来のカルラムの木。この木は一年に一度薄紅色《うすべにいろ》の花をつけ、約三十日ほど咲《さ》き誇《ほこ》る花びらが散ってゆく様が、人々の目を楽しませる。それを前々から気に入っていた母が手に入れ、王都の別邸と領地に植林した。別邸に植えられたのは一本のカルラムの木だが、その木がはじめて花を咲かせ、満開となった日。

ちょうど、久しぶりにオクタヴィアが別邸を訪《おとず》れていた。

デレクはオクタヴィアに礼儀《れいぎ》として挨拶《あいさつ》はしたが、それだけだ。会いたくなかった。すぐに帰るだろうと思っていたのに、何故《なぜ》かその日に限って泊《と》まりたいとオクタヴィアは我《わ》が儘《まま》を言い出した。

父も母も快《こころよ》く了承《りょうしょう》したが、それもデレクはひたすら気に入らなかった。

だから、眠《ねむ》れなくて、寝室《しんしつ》を抜《ぬ》け出《だ》した。眠れないときは運動が一番だ。外を少し走れば眠れるだろう。別邸の敷地《しきち》内の安全は確保されているので、子どものデレクが外を出歩いても、バレなければ問題なかった。大目に見てくれる味方も作ってあった。

だが、そうして出た外で――デレクはオクタヴィアを見つけた。

オクタヴィアはじっと木を見上げ、ぼんやりと立っていた。

『サクラ×％＠〇＃●□★……』

いまでは滅多《めった》に口にすることのない、呪文《じゅもん》を呟《つぶや》いていた。

何を言っているのか彼女にしかわからないこの呪文も、デレクは嫌《きら》いだった。エスフィア語を普通《ふつう》に喋《しゃべ》ればいいだろうに。なのに父もセリウスもオクタヴィアにエスフィア語を話せとは言わない。

オクタヴィアが、呪文を続ける。やはり、何を言っているのかわからない。

しかし、最初こそ苛立《いらだ》っていたデレクはいつしか、硬直《こうちょく》していた。

オクタヴィアが紡《つむ》ぐ呪文……その声に宿る寂寥《せきりょう》に気づいたからだ。

いっそ、泣いているのではないかと錯覚《さっかく》するほどの。

混乱した。わからない。どうして第一王女たるオクタヴィアが、こんな。

いや、エスフィアの王女特有の生《お》い立《た》ちのせい？　生物学上の両親と滅多に会えないから？　だが、それ以上の何かを感じた。

――オクタヴィアが、カルラムの木の幹に、抱きついた。

『○■★×、□&◇♮▼△○%☆……？　□♭＃●、□♮＃●、□×♮＃●……。◎△×★◇◇□◆△&■。――＃※□△△』

悲しんでいるのか？　何故？

木に抱きついたオクタヴィアが、寂寥と悲しみと――何かを吐露《とろ》するかのように呪文を紡ぎ続けても、呪文にしか聞こえないのが、歯がゆかった。唯一《ゆいいつ》推測できたのは、ある同じ響《ひび》きの呪文が、カルラムを指《さ》しているのではないかということ。

別に、声をかければ良かったのかもしれない。いくら気に入らない相手でも、慰《なぐさ》めるぐらい。

そうしたかった。しかし、デレクはそうしなかった。

慰める勇気が、出なかったのだ。

見てはいけないものを見てしまった気がした。けれども、そのままにもしておけず、ただ、オクタヴィアが無事に館に戻《もど》るまで見届けた。その過程で見えたオクタヴィアの顔に涙《なみだ》の跡《あと》がないことにほっとしながら。――そう、当時は。

泣かないのではなく、泣けなかっただけだとしたら？　と思い至ったのは後になってからだった。

オクタヴィアに遅《おく》れて邸宅《ていたく》内に帰ったデレクを出迎《でむか》えたのは父だ。

何故父が自分を待っているのか、理解し、瞬間《しゅんかん》、父に対して抱いたのは身勝手な怒《いか》りだった。

『父上。オクタヴィア殿下が抜け出したこと、知っていたのですか』

『──ああ』

父が頷《うなず》く。

『では、父上は、何故……！』

カルラムの木の前にいるオクタヴィアをそのままにしておいたのだ。父なら、うまくオクタヴィアを慰められたはずなのに。

『殿下がわたしに助けを求められたのなら、わたしは喜んで手を差し出そう。だが、わたしから殿下へ手を差《さ》し伸《の》べることはできない』

『……よく、わかりません』

デレクはうつむいて首を振《ふ》った。

助けを求められないと動けない？

いや、自分から動けば良いではないか。

慰めたいと、救いたいと思うことの何が悪いのか。そう思いながら、引っかかりも覚えた。

──ならば、自分は何故、見ているだけで、立《た》ち尽《つ》くしていたのだろう。

『わたしにはその資格がない』

父の言葉に、顔を上げた。

『自ら手を差し伸べるならば、生半可《なまはんか》な覚悟《かくご》で成してはならない。すべてにおいて殿下個人を優先し、一生を捧《ささ》げる覚悟でなければ』

『………』

『そうでなければ、望まれてもいないのに自ら手を差し出すべきではない。どんな理由であれ、肝心《かんじん》なときに傍《かたわ》らに立てないのであればな。中途半端《ちゅうとはんぱ》な優《やさ》しさや同情は、かえって殿下を傷つける』

二者択一《にしゃたくいつ》の事態が起きたとき、常にオクタヴィアを選べるのかどうか。

常に味方であり続けられるのかどうか。

確かに、父には難しい。ナイトフェロー公爵として、優先しなければならないものを定めている。そうしたくとも、絶対に、と約束はできないはずだ。

いついかなることが——最悪の出来事が起こらないとも限らないのだから。

『ですが！』

納得《なっとく》したくなかった。

『セリウス殿下の友人であるお前に、その覚悟があるのか？』

——自分？

『………』

デレクは、答えられなかった。

『一時の優しさや同情が救いになることもあるのでは？』

かわりに、そう尋《たず》ねたのは無性《むしょう》に反論したかったからだ。

『当然あるだろう。しかし、殿下には当てはまらない』

『……………』

『お前も無意識では理解している。だから逃《に》げ出《だ》したのだろう』

過去に父から告げられた言葉。それを苦く思い返し、次に思《おも》い浮《う》かんだのは、リーシュランの花を髪《かみ》に挿《さ》したオクタヴィアの姿だった。

準舞踏会で、消えたシルを捜《さが》し――オクタヴィアと再会したとき。

彼女は、泣いた跡を化粧《けしょう》で隠《かく》していた。しかし、デレクは流した。重ねて尋ねることなどできなかった。

「……変わらない、か」

自嘲《じちょう》気味《ぎみ》に呟く。

カルラムの木を見上げるオクタヴィアに声をかけることができなかったあの頃《ころ》のように。

泣いた理由を、尋ねることはできなかった。

オクタヴィアが隠そうとしたことだったから。

『だが、お前は、そういうところを直さないと、いつか本当に欲しいものも逃《のが》すことになるぞ』

あの日、続けて父に告げられた言葉を、苦々しい気持ちで呼び起こす。

『覚悟もないのに声をかければ、オクタヴィア殿下を傷つけるだけだと言ったのは父上です』

『そうだな。確かに、可能性としてあるのは、覚悟を持った者だろう。己《おのれ》の側から、殿下の心に踏《ふ》み込《こ》めるのは。もしくは――』

「無自覚な者」

当時の父の言葉を口にする。

たぶん、あの日、オクタヴィアを見たときの自分は、無自覚な者だった。無自覚な者として踏み込める可能性はあった。

だが、あのときに戻れるとしても、別の行動を取れるのか、デレク自身にもわからない。

後で何度も思ったのは、あそこに行き合わせたのが自分ではなく、セリウスだったら良かったのに、ということだ。

かつてのセリウスだったら、迷うことなく妹に突進《とっしん》していっただろう。兄であるセリウスに対してそっけないオクタヴィアは拒絶したかもしれないが、それでも――。

立ち上がり、ふと思いついて、デレクは自室の窓を開けた。昨日までは蕾《つぼみ》だったカルラムの花が、咲き出している。花びらが一枚夜空を舞《ま》い、デレクは目を細めた。

「サクラ、だったか……」

おそらく、こんな響きだった。呪文の中で、唯一こうではないかと推測できた単語。あの日のオクタヴィアはカルラムをサクラと呼んでいた。

――その翌朝。デレクが目にしたのは、自分が知っている通りの、可愛くないセリウスの妹だった。カルラムの木に抱きついていた寂寥に溢《あふ》れる少女ではなくなっていた。

かつてのセリウスのように、オクタヴィアを弱々しい子猫だとはデレクはいまでも思っていない。ただ、そういった面を、見せないだけなのだということを、あの日に知った。

「デレク様！　お呼びと聞いて、ステイン、参上しました！」

「………………」

廊下《ろうか》から声が聞こえ、デレクは頭に手をやってかぶりを振った。意識を切《き》り替《か》えてから応じる。

「入ってくれ」

父の腹心であるバルド。その義理の息子《むすこ》であるステインが入ってくる。

「ところで、閣下《かっか》といいデレク様といい、俺を酷使《こくし》しすぎだと思うんですよ」

「そうか。頑張《がんば》れ」

「ひっど！　デレク様ひっど！　――それで、俺を呼んだのはどうしてですか」

「少し個人的に調べてもらいたいことがある。父上には言うな」

「えー。調べるのはともかく、閣下に黙《だま》ってっていうのは無、」

「美形好きのお前に最適な任務だぞ。大勢の美形と接触《せっしょく》できる。また父上の害になることはない」

「了解《りょうかい》です！　このステイン、必ずや任務を遂行《すいこう》しますとも！」

見よう見まねなのだろう、ステインが敬礼する。

「肝心の、調べる内容は何ですか？　もしかして城で何かありました？　セリウス殿下とか、ご友人の方々ととか」

あったかないかと言われればまあ、あった。だが、問いには答えず、用件だけを告げる。

「城下はお前の庭同然だろう？　ここ数日で城下に足を運んだ護衛《ごえい》の騎士《きし》がいるのかと、いたならその動向を」

「いやー、護衛の騎士って言われてもなあ。範囲《はんい》が広いですし、もうちょっと絞《しぼ》ってもらわないと」

「――ヒュー・ロバーツとネイサン・ホールデン」

若干の間をおいて答えると、ステインが確認《かくにん》するように問いかけてくる。

「それってセリウス殿下の腹心のお二人ですけど？」

「よく知ってるな」

「美形は網羅《もうら》してます！」

片手を上げてステインが元気よく返事をしてくる。この大げさな動作はわざとなのか。

……わざとだろう。デレクはため息をついた。

「いやー、でも調べる必要なんてあるんですか？　あのお二人、まかり間違《まちが》ってもセリウス殿下を裏切ったり反意を抱いたりってことはしなさそうかなあっていうのが俺の読みですね！」

「……おれもそう思う。だから、お前に頼《たの》んでいる。あくまで調べるだけだ」

「ふーむ。調べたい理由が俺としても知りたいところなんですけど」

「勘《かん》だ」

「勘？　勘って、言いたくないからってまた適当な……！」

すぐさまステインから不満の声があがる。

しかし、デレクは嘘《うそ》をついているわけではなかった。正直に述べた結果だ。

「なるべく早く取りかかってくれ。必要があればおれの名前を使って構わない。躊躇《ためら》うな。明日登城してからになるが、おれもしばらくは城下に行くようにする」

「デレク様、お忍《しの》び得意ですもんね！　――おっと、花びら？」

開いたままの窓から、入り込んできた薄紅色の花びらをステインが摑《つか》む。

「そういえば、これってどっちなんです？」

ついで、花びらを親指と人差し指でつまみ、左右に振った。

「何が」

「このカルラム。閣下はデレク様が嫌いな花だって言うのに、奥方様《おくがた》は『いまではわたしより、あの子のほうが好きなのよ、カルラム』って」

「…………」

無言で、デレクは眉間《みけん》に皺《しわ》を寄せた。

「うわこっわ」

深くデレクは嘆息《たんそく》した。

「――どっちも、間違ってはいない」

53

「お会いできて嬉《うれ》しいです、エドガー様」

黒扇《こくせん》を閉じて、ドレスの生地《きじ》を少しつまんで持ち上げ、エドガー様へ挨拶《あいさつ》をする。

王族で、義理の親子だからこそ、礼儀《れいぎ》は大事！　ただし、仰々《ぎょうぎょう》しすぎない程度に。

「こちらこそ、会えて嬉しいよ。気持ちの良《い》い朝だね」

エドガー様から柔《やわ》らかな応えが返ってきた。――のは良いんだけど、そのままやけにじっくりと私を見ている。たっぷり十秒ぐらい？

と、エドガー様が「うん」と納得《なっとく》した様子で頷《うなず》いた。

「それに、安心したよ。イーノックから様子は聞いていたんだけどね。自分の目で見たわけではなかったから。かといって、お見舞《みま》いに行くのは禁止だと言うし……でも、顔色も良さそうだ」

あー……。

私の部屋へ誰《だれ》かが訪ねて来るのも制限されている。これってエドガー様でも、なのか。

父上が会いに来たのは例外だったみたいだし。兄と話してから、侍女《じじょ》はサーシャ以外も部屋に呼べるようになったんだけど。あと女官長のマチルダも。

「はい。日常生活にはまったく支障ありませんわ」

私は笑顔《えがお》で答えた。

薬を塗《ぬ》って、しっかりと包帯を巻いた左手に黒扇を持ち替《か》えてみせる。いくら塗《ぬ》り薬《ぐすり》に含《ふく》まれている鎮痛効果《ちんつうこうか》が抜群《ばつぐん》でも、動かすと少しだけ痛いことは痛い。しかし！　ここはやせ我慢《がまん》。

元気であることをアピール！

「こうして庭へ散歩に出ているほどですから。エドガー様は、今朝も散歩なのですか？」

「……今朝も？」

眼鏡《めがね》の奥で瞬《まばた》きしたエドガー様から突っ込みが入った。

真夜中の鍛錬場《たんれんじょう》へ行く前、エドガー様がこの庭にいたのを目撃《もくげき》した記憶《きおく》があるせいで出た言葉だったんだけど……。

ちょうどいいや。確認《かくにん》してみよう。

「昨夜、兄上と城内を歩く機会がありました。その際、通路に面した窓からエドガー様の姿をお見掛《みか》けしたのです。この庭園にいらっしゃったでしょう？」

「うーん……」

エドガー様が片手を顎《あご》に当てる。

「見られていたんだ？」

問いを発して、ばつが悪そうな顔になった。

「あれは、無断で外出したんだよ。できればイーノックには黙《だま》っていて欲しいんだけど……」

衝撃《しょうげき》が走った。

「エドガー様。まさか昨夜は本当にお一人で……？　それも父上の許可を得ずに？」

父上が知らないとは思ってもみなかった。

だって、父上って滅茶苦茶《めちゃくちゃ》エドガー様のこと大事にしてるから！　人前でイチャイチャとかは全然ないんだけど、エドガー様の公務で危険が一ミリでもありそうなときなんか、中止させる——はさすがにないとはいえ、必ず警備体制の強化要求を出すし。

エドガー様の安全には慎重《しんちょう》すぎるほどの気の遣《つか》いようを見せる。

いや、だからって束縛《そくばく》するとかでもないっぽいし、なんていうか、エドガー様がどこにいるかわかっていないと……目の届くところにいないと不安でたまらない的な？

な・の・に、エドガー様、夜中に父上に黙って散歩なんて……チャレンジャーすぎる。

知ったら父上心労で絶対ハゲるよ！

倦怠期《けんたいき》ですか？

エドガー様の護衛《ごえい》の騎士《きし》は、父上付きでもある。で、全員が父上の護衛の騎士から選ばれた人々。腕前《うでまえ》は折り紙付きなんだけど、父上にエドガー様がつつがなく過ごせているかを日々報告する役目も担《にな》っている。

これも私が父上のエドガー様への過保護っぷりを感じる所以《ゆえん》。

そんな中、いくらフットワークが軽いといっても、父上に黙って外出……エドガー様が護衛の騎士からのチェックをかいくぐったということ……！

城内での移動といえど、誰か一人はついて来るものなのに。

一体、どうやって？

完全な単独行動だなんて、むしろその技《わざ》を！　技を伝授してもらいたいですエドガー様！　ヒューを撒《ま》きたいときに使えるかも！

「一人とはいっても、もちろん護衛は連れて行ったよ」

だがしかし、あっさりとエドガー様が言った。

私の早とちりか……。

がっかりしてはいけないのに、がっかりしてしまった。

クリフォードにこっそり面会に行ってみよう作戦や、その他諸々《たもろもろ》の計画なんかも自動的に消滅《しょうめつ》した。

言われてみれば、ちゃんといまも、エドガー様の護衛の騎士が離《はな》れた場所に立っている。

こちらの会話は聞こえないだろうけど、すぐに駆《か》けつけられるぐらいの距離《きょり》。

「それなら良いのですけれど……」

「心配してくれたんだね？　ありがとう」

にっこりとエドガー様が微笑《ほほえ》む。……眼福。エドガー様も、またタイプの違《ちが》った美形なんだということを再確認した。

父上の伴侶《はんりょ》だけど。私の育ての母（男）なんだけど！

表面上は仲良し家族。でも親子関係という意味では全然。

王家の子どもたち――兄と私とアレクの中では、一番エドガー様と親しくしているのは兄。ただ、表面上はっていうのを抜《ぬ》きにしても、私も仲が悪いってわけじゃないんだよね。

現に、エドガー様に継子《ままこ》いびりみたいなのをされた記憶はない。むしろそういう意味で性質《たち》が悪かったのは兄のファンのほう！

親として甘えたり、懐《なつ》いたりはできなかったものの、でもエドガー様からも「娘《むすめ》よ！」って押しつけてくる感じはなくて――対個人としての印象はお互《たが》いにそんなに悪くないと思う。

エドガー様は……距離感を保ってくれる人かな。近づかないで欲しいですオーラを出していると避《さ》けてくれるし、話したいですオーラを出していると応じてくれる。

現に私は現在進行中で「お話ししましょう」オーラを出し続けている。はず。……オーラなんて見えないけど。……気合で！　雰囲気《ふんいき》！

だって、接触《せっしょく》できる人物が極端《きょくたん》に限られている中、これは貴重な他者との出会い！

私は会話に飢《う》えています！　出《い》でよオーラ！

「……せっかくだから、少し一緒《いっしょ》に歩こうか？　オクタヴィア」

私のオーラをエドガー様がキャッチしてくれた！

「喜んで。──ヒュー。あなたは離れてついて来てちょうだい」

お誘《さそ》いを有《あ》り難《がた》く受けて、ヒューに指示を出す。彼が兄のスパイを兼《か》ねていることを忘れてはならない！

「仰《おお》せの通りに」

ヒューがすっと頭を下げた。

私とエドガー様は並んで庭園を歩き出した。


距離をおいて私たちの後に続くヒュー──近くにエドガー様の護衛の騎士もいる──を一度振《ふ》り返《かえ》って、エドガー様が首を捻《ひね》った。

「ヒューは、セリウスの護衛の騎士だったよね？」

疑問に思うのも無理はない。

ヒューといえば兄の腹心。セット。そんな感じだもんね。

「兄上の配慮《はいりょ》で、一時的にわたくしの護衛任務に就《つ》いてもらうことになりました」

とても大切なことなので、一時的、というのを私はさりげなく強調した。

「何だ。二人の逢瀬《おうせ》を邪魔《じゃま》したわけじゃなかったんだね」

はい？

「もしかしたらヒューが秘密の恋人だったのかと……。そうだったらイーノックに教えようと思っていたのに」

「……エドガー様？」

事実無根なんですけど！

抗議《こうぎ》の意を込めて、強めの視線を送る。

するとエドガー様がぷっと噴《ふ》き出《だ》した。

「ごめんごめん」

笑いながら私にトドメを刺《さ》しにきた。

「ふざけすぎたね。大人しくお披露目《ひろめ》の日を楽しみに待つことにするよ」

「……ええ。楽しみにお待ちください」

引きつりそうになった愛想笑《あいそわら》いを、黒扇を開いてカバー。エドガー様がこう言うってことは、いまのところ、お披露目に関しては予定通り行われる、で確定かな。

楽しみどころか、うう。準舞踏会《じゅんぶとうかい》が空振《からぶ》りに終わって、偽《にせ》の恋人役の目処《めど》も全然ついていないんだよね……。

原作で敵として描《えが》かれていた人物が狙い目《ねらめ》だ！　と考えて接触したルストは、候補から外れたしなあ。切り出せなかったというか、心理的にできなかったというか……。

　行動制限がかかっている現状では、会える異性なんてさらに減る。残り期間も考えると、選《え》り好《ごの》みなんてしていられない段階に入っている。

　いっそ、エドガー様の発言に乗っかって、ヒューとか？

　試《ため》しに頼《たの》——まないや。

　心の中でぶんぶん首を振る。

　現時点で成功する未来がちっとも思い描けない！　頼んだ場合の成功率は、まだルストのほうが高そう。

　せめて原作と同じような関係だったら気軽に頼めたかもしれないけど……その場合、そもそも私の兄への「わたくしだって、愛し合っている方はいますわ？」も発動しないか。

　もう、本当に私に恋人がいれば……！

　周囲にはラブが満ちあふれているというのに！

　——その生きた見本《のこ》の一人が、エドガー様だもんね。

　うんうんと今度は心の中で頷く。

　性別も身分も乗り越えて父上と結ばれた、王家の恋愛譚《れんあいたん》として有名。ちょっと出来過ぎっていうか、話として盛られてるでしょ明らかに？　と思うほど。……ただし、自分の父親の話でさえなかったら、腐女子魂《ふじょしだましい》が燃え上がっていた。

エドガー様が誘拐《ゆうかい》されて間一髪《かんいっぱつ》で父上が間に合うところなんて、できることなら完全二次元の小説として読んで萌《も》え転《ころ》がりたかったですとも！　前世で親世代の外伝小説なんか出たりしたら、買ってた！

——でも、フィクションじゃないんだよね。

父上がエドガー様の身の安全に神経質なのって、そういう過去が実際にあったせいなのかもしれない。喪《うしな》いそうな恐怖《きょうふ》、みたいな。

それを考えると……。

隣《となり》を歩くエドガー様を見上げる。成人男性なので、私よりは断然背が高い。

「昨夜のエドガー様の外出ですが、父上に黙っていて平気なのですか？」

エドガー様が苦笑《くしょう》する。

「正確に言うと、深夜にこの庭の散歩をすることがあるのを黙認《もくにん》はしてくれているんだよ。いちいち許可は取っていないだけで。……ちなみに、イーノックはこの庭があまり好きじゃない」

「そう、なのですか？」

何故《なにゆえ》に？

疑問は口に出さなかったのに、私の顔を見てエドガー様が静かに答えてくれた。

「……前代の国王陛下《へいか》が自ら手入れされていた庭だからだろうね」

「お祖父様《じいさま》が？　自ら？」

浪費家《ろうひか》で宝石コレクターだった、お祖父様？　王太子だったときの父上は、意見が合わずによくお祖父様と口論していたらしく、そのせいなのか、父上に王位を譲《ゆず》ってからは、亡《な》くなるまでまったくといっていいほど王都へ寄りつかなかった。

それが私の祖父であり、前代の国王。隠居《いんきょ》した後に改築して住んでいた祖父の城を訪問したことがあるけど、金や宝石で全部キラッキラだった。絢爛豪華《けんらんごうか》の域を超越《ちょうえつ》して悪趣《あくしゅ》味《み》一歩手前？

正直、土いじりとか、庭の手入れをするようには……。

「想像できない？」

「はい」

私は素直《すなお》に頷いた。

私が八歳の頃《ころ》に亡くなった祖父に関しては、あまりいい評判を聞いたことがない。

国王時代はお気に入りの美形を集めて男遊びが激しかったとか……。商人に足下《あしもと》を見られてカモられていたとか……。ただ、あくまでも私生活に関しては。

国王としてはそれなりにやっていたらしい。少なくとも、国が傾《かたむ》いたりはしなかった。

父上は反発しまくっていたみたいだけど。

祖父か……。

——これまで私になかった祖父への観点として、注目すべきは、キルグレン公の兄という立ち位置だったこと。

キルグレン公同様、老衰《ろうすい》で亡くなっている。基本的に、何事もなければ男性の王族は長生きみたいなんだよね。

祖父本人よりも馴染《なじ》みがある、本人そっくりの、城に飾《かざ》られている肖像画《しょうぞうが》を思《おも》い浮《う》かべてみる。

生前の祖父への印象は、退廃《たいはい》した雰囲気の、つまらなそうにしている人。贅沢品《ぜいたくひん》でそれを埋《う》めようとしていたのかなって、感想を持ったのを覚えてる。

孫——兄や私やアレクにも一切《いっさい》興味なしって感じだったなあ……。同列って意味では、接し方が公平だったともいえるんだけど。

じゃあ……。

「エドガー様から見た、お祖父様はどんな方でしたか？」

「どんな……」

立ち止まったエドガー様が、目元を綻ばせて庭に咲《さ》くリーシュランの花の一つに片手を伸《の》ばす。

「弱くて、とても優《やさ》しい人だったよ。だから、ここにこの花を植えたんじゃないかな」

「——リーシュランを？」

祖父が植えた？

エドガー様に倣《なら》って、白く染まった庭園を眺《なが》めた。

香りが良くて、白い花弁《かべん》が美しい花。

そういえば、リーシュランがこんなに一杯《いっぱい》咲いているのって、城の中でこの庭園だけ、なんだ。……ひっそりと。

それは——女王イデアリアにまつわる花、だから？　王家としては、隠《かく》すべき歴史を思わせる花、だから？

だとしたら——。

「リーシュランの花は、お祖父様の代以前は、城に存在しなかったのですね。はじめて知りました」

弱くて、優しい。

大々的に植えることはできなくても、せめて王城にこの花を咲かせることを——居場所を与《あた》えることを、祖父が望んだのだとしたら。

祖父がエドガー様の言うような面を持っていたとすんなり受け入れられる。

この庭園に咲くリーシュランは、王だった祖父なりの、葬《ほうむ》られた女王への追悼《ついとう》だって。

「エドガー様は——」

女王イデアリアのことを知っているのかな。──でも、知っているにしても王配として父上から、ではないような気がした。……祖父から？　根拠《こんきょ》は、ないんだけど。

「お祖父様がお好きだったのですね」

くすっとエドガー様が笑った。

「イーノックとは違ってね」

そのまま、目を細める。

「優しい方だったからね。ひどく、同情しておられたよ」

わたしにも、と言葉が続いた。

商家の出身で平民でありながら王の伴侶になったエドガー様に対して、という風にも、そうじゃないようにも聞こえた。

私が原作小説の知識をいくら持っていても、そこに祖父が何を考えていたかや、父上やエドガー様の世代の出来事は描かれていない。

咲いているリーシュラン──白い花弁に、手を伸ばしてみる。

「昨夜は」

触《ふ》れる直前で、止めた。声を発したエドガー様のほうを見る。

「夢見が悪くてね」

エドガー様は宝物を抱《かか》えるようにして、腕の中にあるリーシュランの花に顔を寄せた。

「この花の香りは、心を落ち着かせてくれるから」

悪夢は、私にも、身に覚えがある。嫌《いや》になるほど。私は誰にも言えなかった。

だけどエドガー様には、受け止めてくれる相手がいる。

「エドガー様には父上がいらっしゃいますわ。夢見が悪いことを、父上によく相談されてみては？」

風が強く吹《ふ》いた。髪《かみ》がなびいて舞《ま》い上《あ》がり、手で押さえつける。

すぐ側から、呟《つぶや》きが聞こえた。

「……イーノックに？」

顔を上げたエドガー様の面《おもて》に、笑《え》みが刻まれた。

……何だろう。変な感じ、が。

一瞬《いっしゅん》、その声にも、表情にも、影《かげ》みたいな暗さを感じた、気が。

笑みを残したまま、エドガー様が言葉を続けた。

「夢の内容は、イーノックには話せないかな」

「話せない？」

「そう。わたしが話したくないから。それに、イーノックにはどうにもできない」

決して声は大きくなかった。ただ、断言したその語気の強さに困惑《こんわく》する。

数秒ほど、経過した。先に口を開いたのはエドガー様のほうだった。

「……すまない。驚《おどろ》かせたね」

嘆息《たんそく》して、苦笑いを浮かべる。

「オクタヴィアは聞き上手だね。つい、余計なことまで口にしてしまうな……」

私の知る、いつも通りのエドガー様が人差し指を口元に当てた。

「だから、イーノックには内緒《ないしょ》にしてくれると嬉しい」

「それは……」

自然と、渋《しぶ》い顔になっていた。快諾《かいだく》できなかった。

エドガー様、悩《なや》み事《ごと》とかあるんじゃない？

父上にはどうにもできないって、それでも言ったほうが良いような……。

「──ところで、察するに、オクタヴィアには困り事があるんじゃないかな？」

「！」

「お望みなら、手を貸すこともできるよ？」

餌《えさ》が、釣《つ》り餌《え》が投下された……！

こんなとき、エドガー様が元商人だってことを実感する。

そして、身分でいえば、エドガー様はエスフィアのナンバー2。

兄も強くは出られない。ここがポイント！

アレクがいればまた話は違ってくるんだけど、アレク不在のいま、現状を打破するため、王城内において私に力を貸してくれそうなダントツの味方候補。

そして、エドガー様は暗に、私が父上に黙っていれば、力を貸しますよって示唆《しさ》している。黙っている内容自体も、プライベートなこと。

このチャンスを物にしない手は……。

「エドガー様」

黒扇を顔の前で閉じて、エドガー様の焦《こ》げ茶色《ちゃいろ》の瞳《ひとみ》を直視する。

「うん？」

「その申し出は、お受けできません」

「対価が足りない？」

私はかぶりを振った。

「そういうことではありませんわ。わたくしが、父上に黙っているとお約束できないからです。エドガー様、悪夢の原因に心当たりがあるなら――もしそれに父上が関係しているなら、父上ときちんと話し合われてください」

「…………」

きょとんとした顔になったエドガー様が、眼鏡越《ご》しにくすりと笑った。

「なるほど。オクタヴィアはそう来るんだね」

そうです！

このチャンスを物にしない手はない！　ないんだけど……！

長年悪夢に苦しめられてきた類友（さっき勝手に認定《にんてい》しました！）としては、エドガー様の力をたとえ借りられなくなるとしても、飛びつけなかった。

準舞踏会への道中、馬車でシル様に兄には知らせないで欲しいって頼まれたときとケースとしては似ているけど、あの問題は最終的には解決するって原作知識から知っていた。

エドガー様と父上の場合は違う。

余計なお世話？　だとしてもこのままでいいとは思えない。だいたいね、こういうパターンって尾《お》を引くやつ。こじれるやつね！　放置していたら後で導火線に火がついて爆《ばく》発《はつ》するやつね！　火をつけるお手伝いはしません！

「わかったよ。……強制はできないからね」

「交渉《こうしょう》は決裂《けつれつ》ですね？」

「いや、半分は成立したよ？」

「……………ん？」

「交換条件《こうかんじょうけん》がなくとも、わたしがオクタヴィアに協力する気になったから」

人好きのする、飾らない笑顔で、エドガー様が言った。

54

頭の中で、勝利の鐘《かね》が鳴《な》り響《ひび》く。

何だかわからないけど、エドガー様が手を貸してくれることになった！

この申し出には遠慮《えんりょ》なんかするはずがない！

まずは情報共有！　私は、準舞踏会から帰った後に起きた出来事を——父上とのキルグレン公のくだり以外——包《つつ》み隠《かく》さずエドガー様に説明した。「イーノック、大分省略したんだな」とか途中《とちゅう》でボソッと聞こえたりした。

この庭への散歩も何とか兄から許可を引き出した結果なことを話し、最後に大本命、兄をどうにかするために口添《くちぞ》えをして欲しいとお願いした。

どんな風に協力してもらうか迷ったけど、兄もエドガー様の話なら聞く耳を持つはず。

エスフィアナンバー2の強権を兄に発動してください！

聞き終えたエドガー様は焦げ茶色の瞳を曇《くも》らせた。「うーん」と考え込んでいる様子。

やがて、エドガー様が口を開いた。

「口添えするのは構わないよ」

再度の勝利の鐘が鳴り響く。効果として黄金色《こがねいろ》のキラキラの紙吹雪《かみふぶき》も追加された。

が。

「だけど、セリウスの考えは変わらないと思うな」

エドガー様は無情だった。勝利の鐘が、がーん、の鐘になった。

「他の問題なら口添えでどうにかなっても、今回は……。まずは、アルダートンの疑いを晴らさないといけない」

一瞬、あまりにもエドガー様が普通《ふつう》に言うんで聞《き》き逃《のが》しそうになった。

だって、この口ぶり。

「――エドガー様は、クリフォードの無実を信じてくださるのですか？」

「わたしはその護衛の騎士のことはほとんど知らないから、オクタヴィアが盟《ちか》いを行ったという事実に重きを置いているだけだよ。それに、力を貸すと決めたからには、こちら側に立たないと」

「……父上とは反対の立場になるかもしれませんわ」

「イーノックは中立だと思うけどね。仮に反対の立場になったとしても、たまにはいいんじゃないかな？　いままでの関係は壊《こわ》れないよ」

もしかしたら父上に言えない悩み事があるのだとしても、軽く言ってのけるエドガー様、強い。

「整理しようか」

私の要望を一つ一つ、エドガー様が列挙してゆく。

「アルダートン……護衛の騎士の解放。オクタヴィアの移動と面会制限の解除、公務の再開――明後日《あさって》、城下へ視察に行く予定があったね。――いや、この視察はセリウスが代理で行うことになったと、たしか聞いたな……」

「兄上が視察の代理を？　ですが、普通なら……」

「延期が妥当《だとう》だね」

その通り！　却下《きゃっか》されたとしても、てっきり延期になるものだと……。

延期じゃなくて兄が行くだなんてそんなこと、ひとっことも聞いてないんですけど……！

視察、私は諦《あきら》めていない！　城下への視察には、夢が詰《つ》まっているんだから！　公務ではあるものの、市井《しせい》の生活に触れられるという点では私の楽しみでもある。

はっきりさせなきゃ。

背後を振り返った。

疑問をぶつけられる最適の人物が、離れた場所に控《ひか》えている。

黒髪《くろかみ》の護衛の騎士――ヒュー・ロバーツだ。

「お呼びでしょうか」

目の前で頭《こうべ》を垂《た》れたヒューを、私は問いただした。

「顔を上げなさい。尋《たず》ねたいことがあるわ。エドガー様からお聞きしたわ。わたくしが行う予定だった視察を、兄上が代行するというのは事実かしら？」

「………………」

ヒューがエドガー様に視線を向ける。ものともせずエドガー様は笑顔を返した。

「わたしも正確なところを聞いておきたいな。記憶違いだったら、嘘《うそ》をオクタヴィアに教えたことになる」

エスフィアナンバー2の後押《あとお》しは効果てきめん！

仕方なく、みたいな感じなんだろうけど、目を伏《ふ》せたヒューが口を開いた。

「……セリウス殿下《でんか》が代行すると決定しております」

「決定した時点でわたくしにも一言あってしかるべきではなくて？」

色々段取りとか準備とかあったんだからね！　行く場所やお店の選定とか！

毎回息切れ寸前の本気です！　やる気百二十パーセントで挑《いど》む！

というか。

「視察も、兄上とわたくしでは公務の種類が異なるでしょう？　本来なら日にちを改めるのが正しい措置《そち》のはずよ」

王子と王女の役割の違い。代理だとしても、まだ王子同士ならわかる。兄の代理をアレクが務めたり、その逆もしかり。ただし、私の代理を兄やアレクが務めることは基本的にない。まあどうしてものときとか、緊急時《きんきゅうじ》とか、例外がないわけでもないけど、視察公務はその中に入らない。余裕《よゆう》を持って組まれているものだし。

延期じゃないのはおかしい！

「――それとも、延期できない理由でもあるのかしら？」

「！」

今朝の私は冴《さ》えている！　ごねまくりたい気持ちから出た質問が、ヒューにヒットした。

わずかに、ヒューが隠し通せなかった反応を私は見逃さなかった。

「理由があるのね」

「…………」

沈黙《ちんもく》のヒュー。ここをチクチクチクチクつつくと、道が開けそうな予感。

「わたくしが行うはずだった視察を、兄上があえて代行する理由は何？」

「…………」

うーむ。王女権力通じず。

続・沈黙のヒュー。やはり兄の腹心。兄を裏切ったりはしない。

ヒューの姿をじーっと見つめる。視線の圧力でどうにか……ならないなー。

兄とヒューの関係に亀裂《きれつ》でも入っていない限り無理っぽい……。兄のヒューへの信頼《しんらい》は絶大で、だからこそ護衛の騎士として私につけたんだし。

しかも、ご丁寧《ていねい》に口頭だけじゃなくて、「しばらくヒューを私の護衛の騎士に任じる」っていう内容の正式な書面付き。兄から朝一で届いた。

……護衛の騎士。ヒューは兄には忠誠心を持って仕えている……。

ピコンと、脳内で「！」マークが点灯した。いけるかも。

まだまだ今朝の私は冴えている。ヒュー攻略《こうりゃく》の糸口発見！

──それは詭弁《きべん》なり。しかして私の王女という立場が詭弁を強化し──。

要するに、詭弁は勢い！

「ヒュー・ロバーツ。あなたは少なくとも『いま』は、わたくしの護衛の騎士としての任を負っているわ。他ならぬ兄上の命令で。異論はないわね？」

「は」

「では、あなたは兄上の命令を疎《おろそ》かにするつもり？」

「…………？」

ヒューの漆黒《しっこく》の瞳に疑問の色が浮かぶ。ヒューには職務を疎かにしているつもりはない。

それはわかる。

「兄上からの命令を遂行《すいこう》するなら、たとえそれが一時的なことだとしても、あなたは護衛の騎士としてわたくしに兄上へ仕えるように仕えなければならないわ。顧《かえり》みて——あなたは、自分がそうしていると言える？　わたくし、身の安全を預けなければならない者に軽《かろ》んじられるのは我慢ならないわ」

引き受けたからには、同等の対応と働きを求めます！　対応のほうね！　兄より優先しろとは言わないけど、同レベルは求む！　質問に正直に答えるとか。とか！

「わたくしの問いは、兄上からのものと同様の重みを持つものだと思いなさい。——『いま』、あなたは何者かしら？」

「——オクタヴィア殿下の護衛の騎士です」

「ええ。そうね」

私は顎を引いた。

さあ、仕切り直し。

「——兄上がわたくしの視察を代行する理由は？」

内心、ごくりと固唾《かたず》を呑《の》む。これでヒューが答えなかったら手詰《てづ》まり。

ヒューが、口を開いた。

「反王家の人間たちによる計画は、一つだけではありません。オクタヴィア殿下の視察時を狙って、襲撃《しゅうげき》が計画されていたことが判明しています」

よっしゃあああ！　……じゃない！

また襲撃？

「いつ、どこから入手した情報なの？」

「第一報は、準舞踏会当日です。セリウス殿下からの別件任務中に、私が」

「別件……敵に飾《かざ》り房《ふさ》を切られた際の任務というのは、それのこと？」

「………」

黙ってヒューが首肯《しゅこう》した。

黒扇を開いてふわふわで心を落ち着けながら、原作知識を参照する。

オクタヴィアが視察時に反王家の曲者《くせもの》に狙われる――ないんだよなあ。

セリウスとシル様が城下でってのは、ある。でも、この芽はとっくに潰《つぶ》したはず。兄にそれとなく言っておいたもんね。シル様の危険度が高いやつだったから。

「第一報ということは、第二報もあるのね？」

「準舞踏会にてナイトフェロー公爵《こうしゃく》が捕縛《ほばく》した曲者たちからも、同様の情報が」

「曲者たちが視察での襲撃を止《や》めて、準舞踏会での襲撃に変更《へんこう》しただけではないの？」

ヒューが首を振る。

「大元は同じでしょうが、保険――別働隊による計画だと我々は見ています」

準舞踏会で失敗したときのための、予備の計画？

結局、準舞踏会での襲撃とは切り離せないってことか……。

それに、兄が視察に行く理由もはっきりした。

「兄上は、曲者たちに視察での襲撃計画を実行させたいのね」

延期なんてしていたら、逃《のが》すかもしれないから。

「オクタヴィア殿下が準舞踏会でそうなさったように、視察時にセリウス殿下は自らを囮《おとり》とするおつもりです」

「けれど、兄上で囮になるのかしら？　その曲者たちはわたくしの視察時を狙っているのでしょう。標的はわたくしだわ」

「反王家の人間たちは、王族すべてを標的とします。セリウス殿下も対象と考えられます」

狙いは王族……。『天空の楽園』の庭園で私を襲《おそ》ってきた曲者たちとの関係性のほうが強い？

「念のため訊《き》くけれど、今回、シル様は狙われていないのね？」

原作知識のせいで、どうしても懸念《けねん》が拭《ぬぐ》いきれない。芽は潰していても別のフラグが立っていたり……。まあ、兄が視察にシル様を同行させでもしない限り条件は揃《そろ》わないと思うけど。兄とシル様の二人が城下に出たときに起こる事件だし。

そして、自分が囮になろうっていう視察で、シル様を連れて行くとか、兄的にあり得ない。

「そうならぬよう、セリウス殿下が努力されています」

「………」

狙われているんだか、いないんだか微妙《びみょう》すぎる。

待って、なんでこういう回答なのかを考えるべき？

もしや――。

「――兄上は、クリフォードがこれにも関与《かんよ》していると考えているのかしら？」

「私などには、わかりかねます」

私など、でへりくだる素振《そぶ》りでヒューが返答を避けた。

だけど、私の中の確信は強まった。

たぶん兄は、シル様を狙って馬車に細工したクリフォード（あくまで兄の考え）が、私の視察での襲撃計画とも繋《つな》がりがあるって疑っている。だからクリフォードを謹慎《きんしん》させているわけで。視察の日だって、当然。もう全方向で怪《あや》しいっていう読み？

なんでそうなるのっ？　て兄の胸倉《むなぐら》を摑《つか》んでがくがく揺《ゆ》さぶりたい。

疑いって一度持たれたら、それが事実、みたいになることはあるけど……。

かといって、裁判を開く以外で無実を証明するなんて、犯人が捕《つか》まりでもしないと――。

「！」

パシンッと黒扇を勢いよく私は閉じた。

私とヒューの会話に耳を傾けていたエドガー様のほうを向く。

「エドガー様」

「？」

「耳をお貸しください」

身体《からだ》を傾けやや屈《かが》んでくれたエドガー様の耳元に、小声で、クリフォードの無実を証明しよう大作戦を伝える。

嘘です。大作戦ってほどでもない。

別名、「兄上。クリフォードを怪しんでいるなら、現行犯で捕まえたらいかが？」作戦ともいう。

城下視察は、元々の予定通り私と——共同視察ということにして兄とで行う。私と兄が囮になる。

ただし、クリフォードも同行させる。クリフォードへの監視《かんし》は緩《ゆる》くして。

そして、曲者たちが計画通りに私か兄を襲ってきたとき、クリフォードが不審《ふしん》な行動をするのかどうか、自分の目で確かめてみればいい。絶好の場所で、絶好の機会を与えられたら、犯人なら何かを見せるはず。クリフォードを犯人だと思っている兄にとっては、尻《しっ》尾《ぽ》を摑むチャンスではありませんかって。

そういう提案を、これから兄にする。

「ただし、兄上が提案を受け入れてくれるかがわかりませんわ。エドガー様は、兄上が必ず提案に乗るようお口添えくださいい。難色を示していた場合は、説得を」

「……穏便《おんびん》な方法とはいえないね。賛成はできないな」

エドガー様が、眉根《まゆね》を寄せた。

なっ？　兄より先にエドガー様が難色を？

「その方法は、準舞踏会に続いて危険を伴《ともな》う」

「一度にすべてを解決するには、これが最善ですわ」

囮……怖《こわ》い気持ちはあるけど、意識していないうちに準舞踏会で経験していたし、その場にクリフォードもいてくれるなら、大丈夫《だいじょうぶ》。私は絶対に傷つけられることはない。

あと当然、クリフォードが不審な行動なんかするはずがないもんね。

それで少なくとも視察で起こる襲撃と無関係だという証明はできるはず。さらに視察で襲撃犯を捕まえて、犯人の口から詳細《しょうさい》がはっきりすれば――もちろんクリフォードの名前が出るわけないから――凝《こ》り固《かた》まった兄のクリフォードへの疑念を打《う》ち壊《こわ》す突破口《とっぱこう》になる。そこから一気に崩《くず》していける気がする。いや、崩してみせる。

兄が提案を呑みさえすれば、私の大勝利は目前。

明後日、視察の日を迎《むか》えるだけ。

もし襲撃が起こらなくても、現状から悪化するわけでもない。

エドガー様の口から深いため息が漏《も》れる。

「決意は固そうだね」

言い、腕に抱《かか》えた咲《さ》き誇《ほこ》るリーシュランの花々から、一本を抜き取った。

何をするんだろうと見て――。

その意図を察した瞬間《しゅんかん》、無意識に避けてしまっていた。

白い花が、私の髪に挿《さ》し込《こ》まれる直前で、エドガー様も手を止めていた。

「…………」

「…………」

エドガー様が苦笑する。

「ごめん。花を髪に飾るのは、王侯貴族《おうこうきぞく》はしないものだよね。不愉快《ふゆかい》にさせて――」

私は慌《あわ》てて首を振った。

「違うのです。不愉快などでは……エドガー様は、わたくしの『幸運』を願ってくださったのですよね？」

気持ちはとても有り難いのに、避けてしまったのは――。

？　何でだろ？

いや、とにかく、不愉快なんかじゃないってエドガー様に伝えないと！

「準舞踏会でも、途中からはリーシュランの花を髪飾《かみかざ》りにして出席していましたから、髪に生花を挿す意味は知っています。決して嫌だったわけではありません！」

必死に言《い》い募《つの》ると、エドガー様の調子が変わった。

「既《すで》に生花を髪飾りにしていたんだね。それは、知らなかったな……。ちなみに、『幸運』と言っていたけど、どんな風に聞いている？」

「庶民《しょみん》の間では、男性の手から女性の髪へ挿す花飾りは、幸運を運ぶといわれていると」

「うん。その通りだ。準舞踏会でオクタヴィアの髪に花を挿したのも、男性？」

「ええ、はい」

一度目も二度目もクリフォードだし。

納得したという面持《おもも》ちでエドガー様が微笑ましげに笑った。

え。なんで？　どこに納得の要素が？

「それじゃあ、わたしが悪かったね。配慮が足りなかった。その人にしか髪に挿してもらいたくないないだろうから。ごめんね」

「……誤解ですわ、エドガー様」

「そう？」

からかいたそうにしているエドガー様が恨《うら》めしい。

「だって、オクタヴィアの反応がまったく同じだから」

笑いながらエドガー様が続ける。

「『こういうのはね、本命ができたらその一人からだけがいいの。上書きはしないのよ。それに兄さんから髪に挿してもらったら気分的に減るの！』って、婚約式《こんやくしき》の日だっていうのに――」

懐かしさと愛情に満ちていた言葉は、はっとしたように途切《とぎ》れた。失言だった、ということがその表情に表れていた。

「……本当に、オクタヴィアと話していると調子がくるうな」

息を吐《は》いて、苦笑いを浮かべる。

取り繕《つくろ》うかのように、エドガー様は、改めて髪に生花を飾る意味を話し出した。

もともとは、市井で父親や兄弟から娘や姉妹《しまい》へ、女性が結婚《けっこん》で家を離れるときに彼女に幸運が降り注ぎますようにという意味で、髪に花を挿したことが始まり。

その過程でどんどん範囲《はんい》が広まって、家族関係なしに、男性から女性の髪へ、に変化し、家族間で願掛《がんか》けのように使われる――娘が難しい試験を受けるときとか――こともあれば、男性がお目当ての女性への告白や求婚《きゅうこん》の際に使われることもある。

――さっきの失言らしき言葉と、この話からすると、エドガー様には妹が……？

「エドガー様」

呼びかけると、エドガー様が身構えたのがわかった。

一体、私が何を言うのか。

「わたくしの髪に、リーシュランの花を挿してくださいませんか？」

エドガー様との距離を詰める。

「だけど……」

「準舞踏会で花飾りを挿してもらった人とは、簡単には会えないのです。ですがわたくし、幸運は欲しくて。エドガー様からなら、おかしな誤解もされないでしょう？　目の前にいらっしゃいますし」

「…………」

ふっと、エドガー様の肩《かた》から力が抜けた。

白い花が、私の髪に挿し込まれる。

「君に幸運が在るように」

——言葉と共に。

たぶん、エドガー様は、私を通して、別の誰かを見ている。

花を挿してあげられなかった、誰か。

一つはっきりしていることがある。

婚約を祝うような妹がいたのに——エドガー様が王配となるとき、エドガー様の家族として紹介《しょうかい》されたのは、ご両親だけだった。

「嫌じゃない？」

髪に挿してもらったリーシュランの花に触れてみる。

「――いいえ」

嫌なんかじゃない。心が温かくなるような、切なさもちょっとだけ交じった、懐かしい気持ちになった。ほんのちょっとだけ、危惧《きぐ》はあった。準舞踏会ではずっと側にクリフォードがいた。今度は、一人でもクソ忌々《いまいま》しい記憶にかき乱されたりはしないか不安が生まれた。

だから、なのかな。あのときと重ね合わせて、花を髪に挿してくれる人がクリフォードじゃなかったから、避けてしまったのかもしれない。

うん。お姉ちゃんとお揃いで花飾りを髪に着けたりしていた思い出が甦《よみがえ》ってきて辛《つら》くなって、やっぱり前世が恋しい。……でも、大丈夫。

「エドガー様。わたくし、とても気に入りました。ありがとうございます」

エドガー様に笑いかける。麻紀《まき》の部分も、にっこりと笑ってる。

次からは、おめかしのときにサーシャに生花の髪飾りをリクエストしようかな？

「オクタヴィア――」

私の名前を呼んだエドガー様が何か言いかけて、かわりに目を細めて微笑んだ。

もしかして、私にこにこしすぎてた？　笑顔が変顔になってた？

「……それなら、良かった。でも無理はしないようにね」

「無理、とは？」

「君が髪に花を挿してもらいたい人は別にいるだろうから。――はい、どうぞ」

抱えたリーシュランの花束から、新たに数本を抜き取って、エドガー様が差し出してきた。

同時に、身《み》も蓋《ふた》もない疑問が脳裏《のうり》に浮かんでしまった。

で、私は至極《しごく》真面目に問いかけた。

「髪に挿した花の数に、幸運も比例するのでしょうか？」

私は、験《げん》を担《かつ》ぐほう！　もう二～三本挿せば効果アップするとか。幸運の上乗せ！

ぷっとエドガー様が噴き出した。

「そうかもしれない。誰かに挿してもらわないとだけどね」

……だよなあ。自分で挿すのは駄目《だめ》だから……。頼むとしたら――。ぱっと思い浮かんだのは、クリフォードだった。……謹慎中じゃなかったら頼めたかな？

「それも、同じように言われたことがあるよ」

小さな、小さな声で、エドガー様が呟いたのが聞こえた。

「枯《か》れてしまう前に、その人に挿してもらったらどうかな？　――どうせ、目的もなく摘《つ》んだだけで、使い道に困っていたんだ」

言い、エドガー様が、私により分けたリーシュランを再度、差し出した。

目的もなく摘んだというのも、使い道に困っているというのも、嘘だと思った。見ればわかる。たぶん、一本一本、すべて厳選して摘んである。

すごく、大切に。

目的がないはずがない。

ただ、エドガー様がわざと言わなかった――その意思表示に、否定の言葉を重ねることはできなかった。

手を伸ばして、リーシュランの花を受け取る。

「口添えの件は、任せてくれていい」

優しく、エドガー様が微笑む。

「君に幸運が在るように。……無事に、帰ってくるんだよ？」

55

男性の手から女性の髪に花を挿すと幸運が訪《おとず》れる――。

この由来を知っている侍女がいた。サーシャの後輩《こうはい》で、さっき、私が気合を入れるために普段着《ふだんぎ》用ドレスからよそ行き用ドレスに着替《きが》えたとき、手伝いに入ってくれた新人侍女のミラ。エドガー様が別に分けてくれたほうのリーシュランを花瓶《かびん》に入れてもらっているときに、この話題が出た。

ミラ情報により、かなりの効果があると判明した！

ミラは、選抜試験《せんばつしけん》を突破《とっぱ》して侍女になったんだけど、試験前にお兄さんから花飾りの激励《げきれい》を受けたそうな。しかも、ミラの周囲にいる平民出身の侍女では、家族から花飾りを髪に挿してもらった子の合格率、なんと百パーセント！

これは……私もあやかるしかない！

エドガー様に挿してもらった一輪のリーシュランの花は髪に飾ったままにして、ぜひとも幸運を味方につけたいところ！

だって！

「よく来た。オクタヴィア」

「お招きありがとうございます。兄上」

兄に向かって一礼する。

私は兄の自室を訪れているのである！

「兄上。クリフォードを怪しんでいるなら、現行犯で捕まえたらいかが？」作戦を兄に伝え、すでに半日が過ぎていた。

その半日の間に、父上が『空の間』で発見された本物の王冠《おうかん》のことを国民へ緊急告知するという一大イベントがあったりしたけど、私はというと自室で過ごしていた。

そういうことがあるよっていう事前連絡《じぜんれんらく》はあったものの、出席ならず。

まあでも、今回のでいうと、出席しなかったのは私だけじゃなくて、兄やエドガー様も。

父上の希望で、父上――王族では国王だけで執《と》り行《おこな》うことになったみたい。

一人での夕食を終えて、空《あ》き時間のできたマチルダから一大イベントの様子を聞いていたところ、兄からの返答が来た。

その内容は、兄の自室への招待。

直接会って話そう、ということ。

つまり、私にとっては作戦が作戦倒《だお》れに終わらないための最後の一勝負タイム！

身だしなみも調《ととの》えましょう！

よそ行きドレスは――まあ、普段着ドレスに近い感じではあるんだけど、ちょっと大人っぽいデザインと色合いのものをチョイスしてみました！　濃《こ》い紺色《こんいろ》の上品さを損《そこ》なわない程度に露出《ろしゅつ》がある、流行を取り入れたドレス。全体にレースがあしらわれている。

もちろん防御《ぼうぎょ》に使える黒扇も携《たずさ》えております！

――と、自ら私を室内へ招き入れた兄が、もの言いたげな顔をした。水色の瞳は、明らかに私の髪を飾るリーシュランの花に注目している。

自分から言ってみるのもありかな。

花に触れ、私は話題に出してみた。

「兄上はリーシュランの花をご存じですか？　これは、今朝エドガー様に髪に挿していただいたのです」

「エドガー様が？」

思案するような表情になった兄に問いかける。

「おかしいでしょうか？」

すると、兄はかぶりを振った。

「……いや、おかしくは、ない。その様子だと、気に入ったようだな」

わかる？　わかる？

「はい。まだ身に着けているほどですもの」

王女スマイルを浮かべるまでもなく笑顔が出た。

生花の髪飾りブームを貴族階級にも巻き起こしたい勢い！　レヴ鳥《ちょう》の羽根グッズには構えてしまう人でも、こっちは受け入れやすいと思うんだよね！

「……座って楽にしてくれ」

「では、お言葉に甘えます」

長話……にならないといいんだけどなあ。言われた通り、座《すわ》る。王族仕様のゆったりとした座り心地《ごこち》の良い長椅子《ながいす》は、弾力性《だんりょくせい》があってちょっとした昼寝《ひるね》にも使える大きさ。歴代の王子の中には、エロいことに利用していた人がいたなんてケースも……。

そうそう、ご先祖様が残した日記にはそんなことも書いてあ──。

！

まさか……この長椅子？

いやいやいや。変な想像は止《よ》そう。身内で三次元が対象だと、私の腐女子魂も「キャー！」とは黄色い声をあげられません。二次元だったら推奨《すいしょう》なんだけどなあ……。誰かがＢＬ小説を書いて発行してくれれば喜んで買うのに……！　そんな文化が発祥《はっしょう》していれば喜んでパトロンになるのに……！

煩悩《ぼんのう》を頭の隅《すみ》に追いやって兄のほうを見る。

兄は自ら陶器《とうき》のティーポットを持ち、お茶を淹《い》れていた。エスフィアの定番のお茶といえば紅茶。明るい橙色《だいだいいろ》の液体がティーカップに注がれる。

……見ればわかることを、念のため。

「兄上が、淹れられるのですか？」

「そうだが？」

何か問題でも？　言外にそんな疑問が続いている気がする。

ないけどある。

いや、飲めばいいんだよね……飲めば……。

断るっていうのは、状況的《じょうきょうてき》にしづらい。

覚悟《かくご》を決めてお茶を待つ間、手持《ても》ち無沙汰《ぶさた》なあまり、ついキョロキョロしたくなってしまう。子どもの頃は、お菓子《かし》を餌に誘われて結構入った部屋ではあるんだけど、いかんせん成長してからは兄の自室に行く機会なんて滅多《めった》になくなっていた。用件があるときは、だいたい執務室《しつむしつ》だったし。

兄の部屋は、品が良いって感じ。あと機能的。機能的すぎてやや冷たい雰囲気も漂《ただよ》っている。部屋にいると緊張《きんちょう》する的な？

私も緊張はしている。ただし、私には花飾りによる幸運が……ううん、あえてこう言おう。

エドガー様のご加護がついていると！

実際、そう考えたらちょっと落ち着いた。部屋を観察する余裕が戻《もど》ってくる。

兄の自室には――視界の及《およ》ぶ範囲では、護衛の騎士の姿がない。

廊下《ろうか》に全員出ているんだよね。兄がそう命令したんだと思う。

一時的に私の護衛になっているヒューも室内にはいない。ここに来るまでは一緒だったけど、廊下で待機している。

「人払《ひとばら》いを徹底《てってい》しなくてはならないようなお話なのですね」

紅茶の注がれたティーカップを両手に持った兄が、片方を私の前に置いた。

「お前からの内密の作戦の話だからな」

私の対面に座ると、足を組み、自分の分のティーカップを口に運ぶ。

その様子をつぶさに私は見守った。

よし……。本人が涼《すず》しい顔で飲んでいるんだから、きっと昔よりは……。

空腹は最高の調味料っていうのと同じ。

この際飲める味であれば！　会話するためにも喉《のど》に潤《うるお》いを！

覚悟を決め、喉が渇《かわ》いていたこともあって、期待はせずに一口、飲んだ。

「！」

飲んで、驚愕《きょうがく》した。

美《お》・味《い》・し・い！

私が淹れるのより断然美味しい！

子どもの頃はクッソ不味《まず》い紅茶を淹れてきて、なにこれ嫌がらせっ？　て思ったぐらいだったのに！

原作小説では描かれていなかった、完璧《かんぺき》超人《ちょうじん》なセリウス――兄の、意外な苦手分野。

それは、お茶を淹れるのが壊滅的《かいめつてき》に下手だということ。

中身は十八歳だったといえど、ポーカーフェイスを保つのに苦労したのなんの……。もういっそ逆方向の才能なのかと思ったほどの、兄の淹れたお茶が、美味しい……？　あれが、こうなるの？　何事？

「兄上……」

何ともいえない表情でこちらを見ていた兄に私は感想を伝えた。

「紅茶を淹れる技術が、上達されたのですね……」

感動した！

「何を言うのかと思えば……」

私の大いなる感動をよそに、兄は眉《まゆ》を顰《ひそ》めている。

「わたくしから申し上げたことはありませんし、いまだからお伝えできますが、以前の兄上の淹れるお茶の味はお世辞にも……」

デレクなんて、兄が紅茶を淹れる気配を感じるとさっと姿を消してたもんね！

当時の兄も、自分で淹れた紅茶を飲んでいればすぐに気づけたんだろうけど、おもてなしの心ってやつで、招いた人には自分で淹れたものを出すというスタンス。自分の分は用意されたものを飲んでいた。それか飲まないか。

「……ああ。お前が無表情に飲んでいたから、俺もさすがに気づいたんだ。それで、いろいろな人間を捕まえては淹れ方を習って……。…………？」

不思議そうに、言葉が止まる。

こめかみを押さえた兄が、頭を振った。ため息をつく。

「……すまない。どうでもいい話だったな」

「いえ……」

どちらかというと、そんなことをしてくれていたんだっていう複雑な気持ちと……。

この反応、私の部屋でのときと、似てる……？

やっぱり、兄の記憶はどこか……。

「本題に入ろう」

兄の声がピリリと厳しさを帯びた。その、表情も。

「視察に関するお前の要望は届いている。……エドガー様からもな」

「でしたら、必要なのは兄上のご決断だけですわ」

もう一口、紅茶を飲んでから、私はティーカップを置いた。本当に美味しい。私のやつはミルクティーになっているのも好み。サーシャに頼んで、夜寝《ね》る前にたまに飲んでいるから、馴染《なじ》みがあるんだよね。

「わたくしも曲者を捕まえたい気持ちは同じですもの」

「…………」

疲《つか》れたように髪をかき上げ、兄が長椅子の背もたれに寄りかかる。

「――要望を聞くにしても、視察当日、クリフォード・アルダートンをお前の護衛の騎士として復帰させるわけにはいかない」

「それは……」

私が言葉を続けようとしたとき、小さな開閉音が響いた。

音のした方向を見ると、室内にある扉《とびら》の一つが開き——。

「セリウス……?」

兄への呼びかけと共に、濃紺《のうこん》の髪色をした青年——もとい、シル様が、そこから姿を現した。

もしかしたら、目が覚めたばかりなのかもしれない。ややぼんやりしているように見えた榛色《はしばみいろ》の瞳が、大きく見開かれる。

シル様が叫《さけ》んだ。

「オクタヴィア様!」

「シル様!」

パッと顔を輝《かがや》かせてシル様が駆《か》け寄《よ》ってくる。私も意識があって、元気に動いているシル様の姿を目にした喜びから、思わず立ち上がっていた。シル様のいる方向へと踏《ふ》み出《だ》す。

時間的にはそんなに経《た》ってはいないけど、あんなことがあってからの再会だもん!

両手を広げ、お互いに抱《だ》きつきかけ——でも、シル様が先に、途中で我に返りはっとしたように手を下ろした。

あ、私もスタンバイしていたせいで手の行き場が……。

どうしよう。

黒扇を手に取って、無意味に開いてみたり。

シル様、馴《な》れ馴《な》れしすぎると思ったのかな。まあ、準舞踏会に行く前までの関係性を考えると……？

いや、全然私は良いんですけどねっ？　シル様と再会の抱擁《ほうよう》！

でも兄からの視線が痛いし……淑女《しゅくじょ》たるもの、兄の恋人であっても男性に抱きつくのはいかがなものかと思い直す。うん。

「――シル。オクタヴィア」

ちらっと兄の様子を窺《うかが》ってみる。すぐに、顔の向きをシル様に戻した。

ミナケレバヨカッタ。

「抱擁し合うような仲だったか？」

視線が痛いどころじゃなかった。

56

嫉妬《しっと》は美味しい。独占欲《どくせんよく》ゆえの嫉妬描写《びょうしゃ》は、良いものである……。

『高潔の王』でもね、セリウスがシル様と仲の良い人や動物にまで対抗心《たいこうしん》を見せるシーンがあって、正直大好物だった。いや、『高潔の王』に限らず、ニヤニヤ——ニヤニヤしてる顔は誰にも見せられないけど——できる！

が！

自分が実際その嫉妬を受ける身になってみてわかる。

創作物においては大好物な、この嫉妬なるもの。

現実だとかなり厄介《やっかい》！

「お前たちがそれほど親しいとは思わなかった」

言葉と一緒に、兄からの視線——嫉妬光線がビリビリと私に突き刺さる。

こういうときは、浮気《うわき》相手（？）の私が何か言うとやぶ蛇《へび》？

広げた黒扇で平静を装《よそお》いながら、対応方法を検討……たった一、二秒の間に、光線が強くなっている気がするんですけど！

「親しいわけではありませんわ」

検討している余裕なんてなかった。

私は否定に、保身に走った。

すると、抱擁未遂《みすい》の結果、私の真向かいに立っていたシル様が眉を下げて、悲しそうな表情になった。シュンとして耳と尻尾を下げた犬の幻影《げんえい》が見える……！

ああああ、ごめんね、ごめんねシル様！

「……ですが」

フォ、フォローしておこう！

「わたくしもシル様も曲者に狙われ、準舞踏会では共に危険を乗り越えたのです。互いに無事な姿を見て嬉しく思うのは当然ですわ」

それがちょーっと行動のほうに抱擁未遂として漏れてもおかしくない、おかしくない。

「ねえ、シル様？」

瞬《まばた》きしたシル様が、すぐに笑顔を浮かべた。

「はい！」

元気よく返事をしてくれる。私も笑顔で応える。

なんかいい雰囲気？

「――シル」

と、兄がシル様を呼んだ。嫉妬光線はもう飛んで来ていないけど、表情は硬《かた》い。

「後で二人で話したい」

「準舞踏会でのことについてなら、オクタヴィア様もいらっしゃる、いまのほうが……」

「違う。個人的なことだ」

「……わかった」

個人的なこと……恋人同士の会話かな？

こんな状況じゃなかったら、お邪魔虫は退散したいところ。

でも、まだ兄との交渉は終わっていないし……それにシル様と二人きり、は無理でも、あのとき――『空の間』でシル様が暴走していたときのことをそれとなく訊《き》いてみたい。

あと、シル様がこっちについてくれれば、兄のことも丸め込めるんじゃないかっていう打算も少々。

なので目的を達成するまで居座《いすわ》る！

「兄上。せっかくですから、シル様にも紅茶を淹れてさしあげてはどうですか？　もちろん、わたくしが淹れても構いませんけれど」

「……俺が淹れる」

立ち上がった兄が茶器の元まで行く。

私が淹れてみたい気持ちもあったのに、即却下《そくきゃっか》された……！

仕方ない。

「シル様も座りましょう？」

部屋の主は兄だけど、立ったままのシル様を促《うなが》す。これは別に兄に文句は言われなかった。シル様を立たせているわけにはいかないっていう意見は一致《いっち》しているはずだもんね！

私が長椅子まで戻って座ると、シル様もそれに倣う。

ほどなくして、兄がシル様の分のティーカップを机に置いた。私の向かい側――シル様の隣に腰掛《こしか》ける。全員、紅茶の種類が違うのかな？　私のはミルクティーで、兄はストレート、シル様のもストレートだけど、液体の色が明るめだ。茶葉の違い？　そんでたぶんシル様の好みのやつだよね。

ブレンドとか使い分けをしていると見た！

昔を思うと、兄がまさにプロ並みになっているのがいまだに信じられない。

「オクタヴィア様？」

シル様……というより、シル様が飲んでいる紅茶をじっと見てから、私の分のミルクティーも一口飲んで、美味しい！　としみじみしていたら、シル様から声をかけられた。

「兄上の淹れてくれた紅茶が、本当に見違《みちが》えるような味なので、驚いてしまって……」

「……それほど驚くようなことなのか？」

言い、兄が自分でも紅茶を飲んでいる。

すると、

「ああ！」

あれか！　みたいな感じの声をシル様があげた。

「聞いたことがあります。デレクが……」

「デレク？」

何故《なぜ》デレクが出てくる？

そんな表情で兄が問いを投げた。

私も興味ある。追撃《ついげき》した。

「シル様？」

何か知っているなら教えて、の王女スマイル！

「――その、デレクは、高位貴族の世界についての、おれの師匠《ししょう》なんですけど……」

シル様は男爵家《だんしゃくけ》の三男。高位貴族ではない。貴族と一口に言ってもピンからキリまで。第一王子である兄と付き合うなら、一般貴族《いっぱんきぞく》の知識ではついていけないこともある。それは高位貴族の常識が時には一般貴族に通じないってことでもあるんだけど、そこはパワーバランスってやつで、問題にならない。

とにかく、確かにデレクはシル様の先生としては最適。

「歓迎《かんげい》の意を示すために、高位貴族はあえて大切な客人には自分でお茶を淹れるという話になったとき、デレクの失敗談になりました」

ふむふむ。

これ、別に必須《ひっす》ってわけでもないのが難しいんだよね。王族にも当てはまる。座学にもお茶の淹れ方なんて入っていない。必須知識ではないけどあると良し。でも習得するとなると自分で調べるか別で教わるかしなきゃっていう……。

「子どもの頃に、セリウスに紅茶の淹れ方を訊かれて、……魔《ま》が差《さ》したとかで」

シル様が言いにくそうに続ける。

「嘘を教えたら、セリウスがそれを信じ込んで大変だったという話を……」

「！」

デレク！　犯人はお前かー！

魔が差したじゃないでしょ、故意、故意、故意！

私をいじめていたときのデレクなら……あり得る！

喧嘩《けんか》することはあっても、デレクの言うことなら基本的に兄は疑いもなく信じたはずだし……兄にクッソ不味いお茶の淹れ方を伝授し、もちろん兄がそれを完璧に踏襲《とうしゅう》して振る舞うことによって、私にも被害《ひがい》を与えるという間接的な攻撃《こうげき》……！

しかも、デレクは兄より一歳年上。たとえ身分は兄が上でも、小さい頃の一歳の差は大きい。そんなデレクフィルターがかかっていたせいで、クッソ不味い紅茶が何度も淹れられることになったのか……！

でもあれ、結局悪知恵《わるぢえ》を働かせた本人もかなりの確率で被弾《ひだん》してたからね？

子どもデレク、詰めが甘い！

「あれは、デレクの教え方も悪い。でたらめの割に作法がいやに本格的だった」

兄が仏頂面《ぶっちょうづら》でこぼす。だから、騙《だま》された、という主張らしい。……この辺は、兄の記憶もデレクと一致してるのか。

「だが、何故俺は……」

自問するかのように呟いて、兄がかぶりを振った。

「……セリウス？　様子が……」

「いや——少し、疲れているだけだ。いろいろと、起きすぎたからな。そして、まだ終わってはいない」

兄の強い口調に、さらに言葉を重ねようとしていたシル様が押し黙る。

「そうだろう？　オクタヴィア」

「ええ。兄上」

その言葉が、本題再開の合図だった。

「じゃあ、おれも尋問《じんもん》を受けなきゃですね」

でも、シル様の決意と気合のこもった一言でまた空気が変わった。

主《おも》に私と兄の。

言葉で言うなら、まさに「は？」ですよ、シル様！

兄の淹れた紅茶を飲み干して、すくっとシル様が立ち上がる。

「セリウス。おれの尋問はどこで？　一度目を覚ました後、いままで眠《ねむ》っていたから免除《めんじょ》されていたんだろうけど……」

　この人、尋問を受ける気満々なんですけど！

「シル？」

「シル様？」

　私と兄の声が完璧にハモった。

「何故シル様が尋問を受けるのですか？」

　シル様、狙われた側ね！　被害者。

　尋問って、まず話を聞くのすらひとっ飛びだよ！　おかしいですよ！

「だって、おれ……」

　シル様が困惑顔になった。

　だって、おれ？

「『空の間』でオクタヴィア様に襲いかかったんですよね？」

「……覚えているのですか？」

　自嘲《じちょう》気味《ぎみ》に笑ったシル様が首を横に振った。

「……いいえ。見えた――覚えているのは、よくわからない何かで……」

　自信なさそうに言葉が紡《つむ》がれ、一旦《いったん》、途切れる。

「でも、気を失った後、おれが何をしたのかを、聞きました。オクタヴィア様に剣《けん》を向け、アルダートン様がそれを防いだと」

「あのときのシル様の様子は普通ではありませんでした。ですから、シル様の意志ではないでしょう？　それともわたくしを殺したかったとでも？」

「そんなはずありません！」

シル様が声を荒《あら》らげた。

「でしょう？」

「ですが、オクタヴィア様……王族に刃《やいば》を向けた事実は……」

「未遂です。それにわたくしは無傷――」

「怪我《けが》をされています」

シル様のいやに冷静な突っ込み！　その目線は、私の左手にある。

「それに、おれだけ例外というわけには。この状況だって既に充分《じゅうぶん》に……」

「……シル様だけが例外というわけではありませんわ」

「？」

「たとえば、準舞踏会前、鍛錬場である兵士が誤って剣を放り投げ、わたくしに当たりかけた出来事がありました。クリフォードが剣を弾《はじ》いたので、わたくしは無傷。シル様、わたくしはその兵士をどうしたと思いますか？」

もちろん、これはルストの弟、エレイルの起こした一件のこと。

「重い処罰《しょばつ》を与えたのではないでしょうか？」

「いいえ。事故だったことを考慮《こうりょ》して、わたくしからはその兵士へ少しお願いごとをしただけ」

同じ未遂って意味では、ルストが仮面で攻撃してきたやつもある。あれも処罰はしてないんだよね。まあ、シル様の元へ案内するのが許す条件だったけど。

うん？　考えてみれば、どっちも不問に処すかわりに、条件をつけてたのか……。

シル様への尋問とか処罰を要求する気なんて、全然、これっぽっちもないけど……。

――このタイミングなら。

「兄上」

一旦、シル様とのやり取りを打ち切って、私は兄に水を向けた。

水色の瞳が注意深くこちらを見返す。

「まず一つ、兄上にお約束しましょう。わたくしは、シル様が『空の間』でわたくしに刃を向けた件については不問に処します。問題にはしません。被害者であるわたくしがこう言うのですから、誰にも異《い》を唱《とな》えさせません。そのかわり――」

「視察での、お前の提案を受け入れろと？」

ザッツライト！

「クリフォードを解放しろとまで言っているわけではないのです。それに比べれば兄上も受け入れやすいわたくしからの『お願い』なのでは？」

「待ってください。一体、何の話ですか？　セリウスっ？」

疑問に満ちたシル様の声が室内に響く。

嘆息した兄が渋々《しぶしぶ》と説明した。私の、クリフォードの無実を証明しよう大作戦を兄なりの言葉で、だけど。その前置きも。

——そして。

「視察での囮なら、おれが」

兄の話を聞き終えたシル様が、開口一番《かいこういちばん》、言った。

「それは駄目だ」

「それはいけません」

声が被《かぶ》り、驚いて兄と顔を見合わせる。

発見。シル様に関しては、私と兄の意見は結構一致する。

57

私と顔を見合わせたのもつかの間、シル様に向かって兄が首を振った。

「今回狙われているのは王族だ。シル、お前では囮が務まらない」

「……おれが標的じゃないって、断言できる？」

が、すかさずシル様が問いで返した。

シル様の目が兄への猜疑心《さいぎしん》で満ち満ちている！　榛色《はしばみいろ》の瞳に鋭《するど》さが生まれ、中性的な美貌《びぼう》が格好良さを帯びる。うーん……。こういう瞬間を目撃すると、シル様の取っつきやすさって、ころころ変わる表情のおかげなんだなあって実感する。シル様の顔で無表情がデフォだったら近寄りがたいもんね。美形すぎて。

それにしても、兄――シル様からの信頼ゲージがちょっと低めなんじゃない？　ゲームのイベントだったら失敗してるパターン！

愛情度と信頼度が別条件で判定されるやつね。

もちろん双方《そうほう》愛情度のほうは問題ないんだろうけ――。

「オクタヴィア様、セリウスの言っていることは事実ですか？」

おっと、シル様が私に尋ねてきた？

まさかの、信頼度は私のほうが高かった……？

え、もし私がキリッとした顔で「嘘です」って答えたら、真実になりそうな流れなんですけど！

……正直、やっぱりシル様も狙われているんだと思う。だからこそ、今回シル様には安全な場所にいて欲しいんだよね。主人公のいるところに事件あり。よって、ここは断腸《だんちょう》の思いで兄の肩を持つ！

「兄上のおっしゃる通りです。囮となり得るのはわたくしと兄上です。むしろ、シル様が同行すれば要人が増えるということですから、警護の負担が増えます」

来ちゃ駄目！　囮なんて言語道断《ごんごどうだん》！　というのを伝える。

「はい……」

シュンとしちゃったシル様には心苦しいけど、心を鬼《おに》にしなければ！

「それで、兄上は、わたくしの提案を受け入れますか？」

「……受け入れるしかないだろう」

「賢明《けんめい》ですわ」

ちょっとあくどい感じで微笑んでみる。

シル様をどうこうしようなんて気はこれっっっっぽっちもないけど、提案を呑まなければシル様がピンチになるぞ！　と兄に信じ込ませることが大事！

「だが、クリフォード・アルダートンは俺の監視下のもとで視察に同行させる」

「クリフォードはわたくしの護衛の騎士として知られています。どうやって同行させるおつもりですか」

「警備体制の都合で、護衛の騎士を入れ替えたことにする。名目上は、アルダートンを俺の護衛の騎士としよう」

抵抗感《ていこうかん》はあるけど、落としどころとしては妥当だった。自然さを装ってクリフォードを同行させるなら、護衛の騎士のままで配置換《はいちが》えが一番。一兵卒《いっぺいそつ》に降格させたりしたら悪目立ちする。クリフォードを変装させるのも×。兄は監視したいんだから、特徴《とくちょう》を殺してわかりにくくしたら意味がないもんね。

「――では、わたくしをクリフォードに会わせてください」

「……何？」

「指示を与えます。鍛錬場でご覧になったでしょう？　わたくしの直接の言葉でなければ、クリフォードは従いません。せっかくの曲者たちを罠《わな》にかける作戦も進められませんわ」

作戦の前にクリフォードと打ち合わせしたいし！

「二人で会わせるわけにはいかない。俺も立ち会おう」

「……セリウスは警戒《けいかい》すべき人間を、間違《まちが》ってるよ」

突如《とつじょ》、黙って聞いていたシル様が口を開いた。

「間違い？　俺が誰を警戒すべきだというんだ」

「おれだよ」

目を見開いた兄と凪《な》いだ目をしたシル様が見つめ合う。なおもシル様が言葉を続けた。

「おれからすれば、オクタヴィア様もアルダートン様も全然危険じゃない」

「アルダートンには馬車に細工をした嫌疑《けんぎ》が――」

「セリウスの護衛の騎士にもね」

「………」

「これはおれの考えだけど、アルダートン様がやったにしては、回りくどい気がするし──違うや、いま言いたいことは、少なくとも疑いのある人間が拘束《こうそく》されている中で、野放しになっているおれのほうが危険人物だってことだよ」

「何を言って──」

兄の言葉がかぶりを振ったシル様に遮《さえぎ》られる。

「セリウスは軽く考えすぎだ。……確かに、おれの意志でオクタヴィア様に剣を向けたわけじゃない。でも、だから？　また同じことが起こったら？　何かを打たれなくても、またおれが無差別に誰かを攻撃したら？　いまこの瞬間に、豹変《ひょうへん》してセリウスを襲ったら？」

「──そんなことは、起こらない」

「おれは、言えない」

シル様が再び首を振った。横に、強く。

「……オクタヴィア様、すみません」

私にそう言ってから、

「原因が、はっきりするまでは、おれは──おれ自身が一番、自分を信用できない。だから、オクタヴィア様が不問に処しても、おれがしかるべき処罰を受けるべきだという考えも変わらない」

兄に対して断言した。

――この台詞《せりふ》、知ってる。

原作で、目覚めたシル様が、セリウスの血で正気に戻ってから言うこと。

――おれは、自分が怖いんだって。

でも、現実では、怖いとはシル様は口にしなかった。

「セリウス。アルダートン様を危険視するなら、おれも独房《どくぼう》に入れて監視をつけて欲しい。囮になるなんて言わないし、大人しくしているから」

「……馬鹿なことを」

兄が一蹴《いっしゅう》する。

「そうかな？　セリウスなら理解してくれると思うけど」

「…………」

あああああ、もう！

頭を抱えたくなった。

なんでシル様ってこうなの？　被害者の私が不問に処すって言ってるのに！　兄もシル様の言う通りにしそうだし！

だけどかつて読者だった人間としては、シル様の暴走は明確なトリガーがあって、突如豹変するものじゃないと予想できている。

よって、シル様贔屓《びいき》の私はこの流れに断固反抗《だんこはんこう》する！

何故ならば、私はシル様が暴走した場合の解決方法だけは『空の間』で実地習得したから！　不審に思われても別に良い！

「暴走の原因は不明でも」

二人の会話に割って入った。

「もしまた起こったとしても、シル様を正気に返す方法がわかっていれば、シル様が独房に入る必要はないのではありませんか？　わたくしに可能だったのです。兄上でも同じことです。……父上でも、アレクでも」

「！　まさか……」

さすが兄、正解に行き着くのが早い。どうやって私がシル様を止めたかは、既に情報として持ってるもんね。

「王族の、血か……？」

私はこれ見よがしに頷いた。

「兄上と共にいれば、万が一のことが起こったとしても大事にはいたらないでしょう」

そして、冷静を装っているけど、冷《ひ》や汗《あせ》ダラダラ。

「わたくしにいま言えるのはこれだけです」

だからこれ以上突っ込まないでね！　釘《くぎ》を刺す。むしろ解決方法を知っていただけだから質問不可ですという意思表示をしておく。だっていろいろ訊かれても最終的な答えは、「時が、解決するはずです」に集約する。

何事もなかった風に、ミルクティーを飲む。チラッと二人の様子を窺う。

シル様はひたすら困惑している。だよね、わかる。暴走の原因は不明なのに解決方法は判明するなんて、そんなのありなのって思うよね？　同感です！

兄は……私と目が合うと、ため息をついた。額に手を置いている。

「オクタヴィア。俺は……お前が何を考えているのかわからない」

以前、それ父上にも言われた。

「お前は、シルを投獄《とうごく》したいわけではないのか？」

ぶーっとミルクティーを噴《ふ》きそうになった。

ちょうど飲み込んだところで良かったよ……！

「罪のない者をどうしてわたくしが投獄するのですか？」

そもそも、不問に処すって決まったばっかりだからね？　覆《くつがえ》したりしないからね？

シル様のことを取引材料にして、あくどい感じにしたのが効きすぎた？

私の内面はどうしてもシル様贔屓になってしまうのにもかかわらず、原作みたいな関係ではなくなってしまっているせいかな……。

疲れたように、兄が額から手を離した。

「オクタヴィアの言った通りだ。シル、お前を処罰する理由はない」

うんうん。私は心の中で強く頷いた。

「しかし」

ん？　……しかし？

「そのかわり、シルにはしばらく監視をつける」

次に、兄は私に向かって口を開いた。

「それとオクタヴィア。アルダートンには会わせよう。あの男にはお前から話したほうが良いのは確かだ。ただし、俺も立ち会う。これは変えるつもりはない」

「……わかりました」

一応、兄の自室へ来た目的は達成できたもんね。欲張りすぎると余計な不信感を買っちゃいそうだし。

「――あの」

ここで、声があがった。

「シル」

「シル様……」

またしても兄と私の反応が被る。たぶん思ったことも一緒。シル様、まだ牢獄《ろうごく》行きを諦めてないいんですか？　却下！　の意。

「違うんだ！　あ、違うんです！」

前半は兄に、後半は私にかな？

「オクタヴィア様。独房に入れろ、とは言いません。おれのことを監視してくれるなら……」

シル様も、私と兄がどういう意味で名前を呼んだか察したみたい。でも、じゃあ？

「それでは、他に何を？」

問うと、シル様が勢《いきお》い込《こ》んで言った。

「アルダートン様に会うなら、おれも連れて行ってもらえませんか？」

――もめた。もめましたね。

連続爆撃《ばくげき》とはこのことですね。

『何故シルがアルダートンに会うんだ？』って。

兄とシル様のバトルが勃発《ぼっぱつ》した。

結論を言うと、シル様が勝った。

最後の最後で、兄が私に話を振ったので。

『オクタヴィア。お前はシルが同行しても構わないのか？』と訊かれ、私は『ええ』とあっさり答えた次第《しだい》。

二人の反応も正反対だった。兄は触れれば凍《こお》る永久凍土《えいきゅうとうど》みたいになったし、シル様はぱっと眩《まぶ》しいぐらいに顔を輝かせて、尻尾をぶんぶん振る犬の残像が見えたほど。

だって、これについては、阻止《そし》する理由が全然ない。

どうせ兄が立ち会うなら、一緒に行く人間が一人や二人増えても変わらないし、シル様がクリフォードに会いたがったのは、『空の間』での出来事のせいなんじゃないかなって考えたんだよね。

実際、兄にこう訴《うった》えていた。

『アルダートン様と戦っていたときのことを思い出せないか、会って確かめてみたいんだ』

——クリフォードは『従《じゅう》』。そしてシル様も、十中八九《じっちゅうはっく》……。自覚があるかどうかで。

でも兄は、シル様がクリフォードに興味を持っているのか？　な方向性で考えている可能性がなきにしもあらず……？

私も、BL的には萌え……。

心の中で首を傾《かし》げる。

兄を挟《はさ》んで私の左横を歩くシル様の顔を見る。私たちは、クリフォードが捕《と》らえられている場所へ向かっているところ。鍛錬場にある地下牢《ちかろう》。表向きは謹慎処分のはずだって兄に文句を言ったけど、「嫌疑のかかった他の護衛の騎士にも同様の措置を取っている。やりすぎだとの声も多かったが、全員に厳格な対応をした結果だ。地下牢の中では一番マシな牢に入れてある」と返されたので消化不良。

私と兄、シル様、ヒュー。そして急遽《きゅうきょ》加わったネイサンで全員。一番先頭がヒューで、私、兄、シル様が横に並んで歩いて、最後列がネイサンという配置で行列になっている。

小さな松明《たいまつ》で照らされた薄暗《うすぐら》い地下牢の空間へ視線を戻す。先導するヒューの背中が見える。原作通り、ヒューがシル様を好きだったとして――。

胸に手を当ててみる。

うーん……。特に……。

逆に、シル様がヒューに恋愛的な意味で仮に万が一ぐらついたとして……。

うーん……。ぐらついて欲しくないって意味では嫌だけど、シル様が本当にヒューを好きになったんだとしたら、応援《おうえん》したい。BL的には萌える。

でも……その相手がクリフォードだったら？

――嫌だな。

ばさっと黒扇を開く。

兄がちらっとこちらを見たけど、私も動揺《どうよう》していて余裕がない。

嫌だなって、何？

三次元だから？　クリフォードだと、BL的に萌えない。

……腐女子魂が死んだ？

いやいや、そんなはず……。

単にクリフォードだとBL展開になったら嫌だなって、だけ……。だけ？

――この世界では、当たり前なのに。

クリフォードから、全然そんな感じがしないから？

それとも、『主《しゅ》』になると、もしかして『従』に対して独占欲がわくとか、あるのかも？

――危ない危ない。気を引きしめないと。

「もうすぐ着く」

鍛錬場にある地下牢は、兄の自室を出る前、『王女が出向くには不釣《ふつ》り合《あ》いな場所だ。それでも行くのか？』って念押しされた通り――これでもマシというのが信じられないぐらい、私が生活している王城のテリトリーとは様相が異なっていた。

たまに、ピチャン、ピチャン、とどこからか水が落ちる音がする。

この地下牢は、容疑者を置いておくための一時的な場所。かけられた容疑の度合いで入れられる牢も違うらしい。一応、クリフォードたちは拷問《ごうもん》等がない——閉じ込めておくことが目的の牢のほうに入っているとか。説明したのはヒューだったけど、サラリと拷問とか言わないで欲しい。

思いついて、準舞踏会の曲者たちも収監《しゅうかん》されているのかと訊いてみたら、それは否定された。別にある監獄塔《かんごくとう》のほうに送ったとのこと。

もしリーダー格の『従』と、エミリオと呼ばれていた『従』の二人が地下牢にいれば、彼らと安全に対面できるチャンスだったんだけど……。

そのかわり——。

人——兄の護衛の騎士たちが入っている牢の前を通り過ぎるときは、密《ひそ》かに様子を確認。彼らの中にシル様の馬車に細工をした犯人がいるなら、シル様が来たってことに何か反応を示してもおかしくない。

ところが、アリバイが証明できず牢に入っている兄の護衛の騎士たちは、一様に、みんな礼儀正《れいぎただ》しかった。怪しい反応とかもない。必ず敬礼していたし。

反応らしい反応といえば、私に対して？

言葉にするとこんな感じ？

「セリウス殿下とシル様は良いとして、何故オクタヴィア殿下がいらっしゃるのだ？」みたいな。

収穫《しゅうかく》なしで、兄の護衛の騎士たちが入れられていたすべての牢を通り過ぎた。

空《から》の牢が続き──突き当たり。

クリフォードは、奥の牢に入れられていた。

鉄格子《てつごうし》に近寄ろうとしたけど、すかさず腕を上げたヒューに制される。

通せんぼだ。

「ヒュー。腕を下げさない」

「……しかし」

逡巡《しゅんじゅん》しているヒューではなく、私は無言で兄を睨《にら》んだ。兄が仕方ない、という風にヒューに頷く。……通せんぼがなくなった！

「オクタヴィア、それはヒューに預けるんだ」

が、歩き出そうとした途端《とたん》、兄から待ったがかかった。

『それ』って──兄が見ているのは──私が持ってる黒扇？　試しに問いかける意味で少しだけ持ち上げてみせると、頷かれた。

面会は許す。ただし、着の身着のままでってこと？　黒扇は私の所持品扱《あつか》い。黒扇を使って、クリフォードにこっそり何かを渡《わた》したりしないように、とか？　いや、やろうと思えばできなくはないけど……疑い深すぎ！

「わかりました」

でも、こういうときこそ素直が一番。私に後ろ暗いところなどない！　言われた通り、ヒューに黒扇を手渡す。大抵《たいてい》の人にとっては呪《のろ》いグッズなのかもしれないこの扇を、ヒューは特に顔色を変えることなく恭《うやうや》しく受け取った。

　鉄格子に今度こそ近寄ると、牢の中にあったシルエットが動いた。クリフォードの姿がはっきりと見える。鉄格子を挟んで、私の目の前に来たクリフォードがその場で膝《ひざ》を折った。

「……立って、クリフォード」

　膝を折ったままのクリフォードが私を見上げた。一瞬、エドガー様に挿してもらったリーシュランの花にその目線が止まる。そして、立ち上がった。

　いつも通り、私が見上げる側になる。よし、すかさずクリフォードの様子をチェック。

　鍛錬場で見たときは護衛の騎士の制服だったけど、ラフな服装になっている。黒いシャツとズボン。ここに来るまでに見掛けた、収監された兄の護衛の騎士たちが着ていた服と同じだ。

　でも、窮屈《きゅうくつ》だったのかな？　シャツは胸元《むなもと》の釦《ボタン》が一つだけ外れている。……あ、首の傷痕《きずあと》も、見える。

「お見苦しい姿を」

　呟いたクリフォードが、きっちりとシャツの釦を留めた。軽く頭を下げ、上げる。それだけで、野生の獣《けもの》めいた雰囲気が強かったのが、いつもの護衛の騎士のクリフォードのそれに近くなる。

……ちょっとだけ残念。まず前提として見苦しくない。だらしない感じとかではないんだもん。顔と体格のなせるわざ？　騎士然としていないクリフォードも素っぽい感じがしてもう少し見ていたかったような……。

素、かあ。

こっちが感心するぐらい、クリフォードって護衛の騎士として花丸なんだけど、本来、クリフォードって、人に仕えるタイプじゃないんじゃないかなってつくづく思う。

それでいて、無理をしている風に見えないのも不思議。

まあ……ちょうど、原作ではヒューもこの牢屋《ろうや》に入れられていたときがあって、ヒューの場合は無実でもメンタル的に堪《こた》えていた描写があったんだよね。クリフォードのことも心配だったんだけど、私の勘違《かんちが》いなんかじゃなくて、堪えていないっぽい。元気そう！

いや、クリフォードって、別にやろうと思えば簡単に脱獄《だつごく》できそうな気もするからそのせいかもしれないんだけど……。ていうか、クリフォードに物理的に危害を加えられる人っているの？

とはいえ、本人への確認も重要。

「――ひどいことはされていないわね？」

拷問とか、拷問とか、拷問とかね。

「は。問題ありません」

クリフォードが涼しい顔で頷く。平気そうすぎて、逆に一抹《いちまつ》の不安がよぎった。拷問されたのに、クリフォード基準では別に拷問に感じていないっていうオチじゃ、ないよね……？

「危害は加えていない」

兄の言に、私はネイサンに視線を向けることで答えた。それを受けて、兄が付け足した。

「……ネイサンが先走った事例はあったが。拷問を行うのは、その者が犯人だという証《しょう》拠《こ》がある場合に限られている」

「わかりました。その言葉を信じます」

「…………」

黙ってしまった兄から、クリフォードに向き直る。

「今日は、重要な話があって来たのよ」

明後日の視察のために、本題を切り出す。王族を狙う新たな襲撃計画があり、私と兄が囮になること。クリフォードには兄の護衛の騎士として同行してもらうこと。それは、クリフォードの疑惑《ぎわく》を晴らすためだということ。

「どうかしら？」

と言いつつ、今回、クリフォードに拒否権《きょひけん》はないんだよなあ。……言い直そう。

「いいえ。どうかしら、と尋ねるのは変ね。これはわたくしからの命令よ」

「──それが殿下のご命令であれば」

頭を垂れたクリフォードだけど、私は見逃さなかった。命令だから従うけど、不本意！というのが滲《にじ》み出《で》ているのを！

「クリフォード。言いたいことがあるなら、言いなさい」

濃い青い瞳が、私を直視する。

「ご命令には従いますが、私はオクタヴィア殿下の護衛の騎士です。有事の際、セリウス殿下を優先することはありません」

というと……？

「俺の護衛の騎士という役割は演じるが、俺を護衛する気はないということだろう。俺とオクタヴィア、双方が危機に陥《おちい》ったとき、その男はお前を守ることを選択《せんたく》する」

怒《おこ》っている、風には見えないものの、兄がクリフォードに言い捨てる。

「──構わん。俺はそれでいい」

続いて、私に話を振った。

「話は済んだな？」

確かにクリフォードに直接用件を伝える、のミッションは終了《しゅうりょう》したけど──。

「いえ。シル様も、クリフォードに会いたがっていましたわ、兄上」

わざわざ同行して来たのに、シル様は一言も言葉を発さず隅のほうに立《た》ち尽《つ》くしている。

「さあ、シル様」

許可した手前、兄は止めることはしなかった。ゆっくりと歩を進めたシル様が、クリフォードのいる牢の前に立つ。

……どう、なんだろう。暴走していたときのこと——クリフォードと剣で打ち合っていたときのこととか、思い出せそうなのか。

少なくとも——リーシュランの花を挿している私に対して、シル様の反応は、何もなかったんだよね。『従』らしさを感じさせたのも、暴走したシル様だけ。

鉄格子を挟んで、向かい合うクリフォードとシル様を見る兄の顔が微《かす》かに歪《ゆが》む。感情を出さないように努力したものの、滲み出た模様。

シル様は緊張とも異なる、無表情にも感じられる硬い顔をしていて、クリフォードは無表情で……。

——あ、れ。

この、二人……。

ふと、思った。

何となく、似てる……？

そう思ったのは、主にシル様のせい。普段は表情豊かなシル様の感情がまったく表に浮かんでいないのと、そんなシル様とクリフォードが、落ち着いた状況で、比べられる距離にいるからだ。

顔立ち、というよりは、佇《たたず》まい？

それとも、二人とも——『従』だから、通じるところがある？

もし、いま、二人が兄弟だって言われたら、信じちゃいそうな……。

「……駄目みたいです」

シル様の呟きが、地下牢内に響いた。

あ……。眉を下げて、残念そうに首を振る。そして、クリフォードに頭を下げた。

「『空の間』で意識を失った後の、戦ったときのことを……アルダートン様と会えば、何か思い出せるんじゃないかと考えたんですが——」

表情豊かなシル様に戻ると、二人が似ていた、と思ったのが、錯覚《さっかく》だった気がしてくる。

「……すみませんでした」

たぶん、もう一度頭を下げたシル様には、見えなかった。牢のすぐ側にいる私以外には、誰も。

無表情だったクリフォードに、一瞬だけ変化があった。ものすごい、不愉快《ふゆかい》さ。それが、濃い青い瞳に宿った。

「──クリフォード」

思わず、名前を呼んでいた。私を見たクリフォードがシル様への言葉を返す。

「……バークス様に謝られるようなことではありません」

「はい、すみま……いえ」

シル様がそれ以上は言葉を紡がず、牢から離れた。

「もう、いいだろう。……行くぞ」

兄がシル様を促し、歩き出す。

でも、私は二人に続かなかった。

「兄上。少しだけわたくしに時間をください」

振り返った兄が、ため息をついてヒューに指示を出す。

「ヒューは残れ」

足音が遠ざかってゆく。

「疑われるような行動はしないわ。だから、離れていて、ヒュー」

「…………」

一応、ヒューが移動した。牢一個分ぐらい遠ざかっている。

そして、私は鉄格子ギリギリまで近づいた。

「クリフォード。大丈夫なの？」

「何が、でしょう」

すっとぼけられた！

でも、シル様が謝ったときの態度が、明らかに変だったよ！

シル様の心理は、ごく普通だと思う。クリフォードがいたから、大惨事《だいさんじ》にならなかった。

王族の血がキーでも、その前段階で私がどうこうなってしまう可能性がなかったのは、クリフォードがシル様と応戦――攻撃を止めて、私を守ってくれていたから。

感謝しているし、謝りたい。

それに対して――クリフォードは、不愉快さを浮かべた。

「だって、あなた……」

そして、不愉快さ、だけじゃない。……痛み。たった一瞬だったのに、悲痛さ、みたいなものも、感じられたから。

何ていうのか……。私がクソ忌々しい記憶を思い出すときに感じていた、傷口を掘《ほ》り起《お》こされる痛み？

もちろん、私の妄想《もうそう》だったら良いけど。こういうときって、当たっていたりするから……。

じっと見つめていると、珍《めずら》しく、クリフォードが目を逸《そ》らした。

「……お見苦しいものを、ご覧に入れました」

そう言葉を漏らす。

「見苦しくなどないわ。クリフォード、もっとわたくしに近づきなさい」

鉄格子の隙間《すきま》から両手を伸ばす。背伸《せの》びをして、逃《に》げられないように、クリフォードの頬《ほお》に触れた。

「本当に、大丈夫なのね？」

理由は、訊けないし、こう訊くこと自体、余計なお世話かもしれない。だけど、私が泣いているのを隠してくれたクリフォードには、同じものを返したい。

「…………」

私と目線を合わせ直したクリフォードがしっかりと頷いた。

「はい」

この「はい」は、本物だった。

「なら良いの」

にっこりと笑う。――で、直後、私はピキーンと硬直《こうちょく》した。

……我が両手は、クリフォードを捕まえたままなのである。両頬《りょうほほ》を、両手で挟んでいる状態なのである！

例によって例のごとく、勢いでやってしまいました……！

と、私の左手に視線をやりながらクリフォードが尋ねてきた。うん。クリフォードは平常運転だ！

「この怪我は、いつ頃《ごろ》治るのでしょうか？」

う。クリフォードが喋《しゃべ》ると手のひらに感覚が伝わってくる……！

「薬をきちんと塗っていればそうかからずに治るそうよ」

「……そうかからずに。具体的な日数は？」

「それは、わたくしにもわからないわ」

「そうですか」

不満そう？

早く治れば良いと思ってくれているとか。な～んて。

私はそろそろと手を下ろした。ふう。

「殿下」

「何かしら」

クリフォードも何か言いたいことがある？

「右手を私に預けてくださいますか。――念のために」

「念のために？」

「お側《そば》でお守りできませんので。そのかわりです」

これは『主』『従』としての話？

右手を鉄格子の中へ入れる。

屈んだクリフォードが、私をヒューから隠すようにして、手《て》の甲《こう》に口づけた。微かに『徴《しるし》』の模様が浮かび上がり——発光は、上からクリフォードの手のひらで覆《おお》われた。

手が離されたときには、『徴』は消えていた。

これで、視察の日、何か起こってもすぐクリフォードが駆けつけてくれるってことかな。

うーん。ファンタジー。

それと、どんどん『徴』が濃くなっているような……？

「殿下。よろしいでしょうか」

と、ヒューから声がかかった。

「少しの時間を超えているかと」

早く切り上げろってことですね。

「次に会うのは視察の日になるわ。最後に、何かあるかしら？　わたくしに用意してもらいたいものや、確認したいことは？」

クリフォードには万全《ばんぜん》な状態で視察日を迎えて、無実を証明してもらいたい！

何でも言ってくださいな。

「では……」

お、クリフォードからの要望、あるの？　一応「ありません」って即答されることも念頭に入れていたせいか、何か嬉しい。

「その花は、誰が？」

花って、エドガー様に髪に挿してもらったこのリーシュラン？

「エドガー様にいただいたの。わたくしに幸運が在るようにと、髪飾りとして……？」

すっと、牢の中からクリフォードの腕が伸ばされた。

リーシュランの髪飾りが一旦抜かれ、髪に挿し直される。

「………？」

「ずれていました」

「そう？　ありがとう」

固定が甘かったのかな。ていうか、これってクリフォードから幸運をもらい直したってことにもなる……かな？

「お似合いです」

満足げにクリフォードが微かに笑みを口元に浮かべた。

私も微笑……つられそうになったけど、我に返った。いやいや、クリフォード！　せっかくの機会なのに、髪飾りについての質問で良かったのっ？

突っ込もうとしたとき、

「――オクタヴィア殿下」

ヒューに呼ばれた。振り向くと、おそらく「これ以上は」という意味で首を振る。

面会時間をさらに引き延ばすのは、難しい、か。

「いま行くわ」

58

あ、これ夢だ、と思った。

ただ——妙《みょう》だった。私の前世の夢じゃ、ない。

誰かになって、外を眺めている感じ。

——殴《なぐ》られている？

うわっと思った瞬間、内側から眺めていた世界が、外側からのものへ変わった。

殴られている男の子の視点から、殴られている男の子が見える視点へ。

男の子……少年は、まだ十歳にもならないぐらい。栄養状態が良いようには思えないから、もしかするともう少し上の年かもしれない。

黒髪に、濃い青い瞳……。優しそうな子で、幼少期のアレクに勝《まさ》るとも劣《おと》らない顔立ちをしている。身近な人物で真っ先に連想したのは、シル様の子どもの頃、だった。あ、でも、髪と目の色だけなら、近いのは……？

殴られているのに、少年はまったく抵抗しない。

『剣を持て！　戦え！』

『……駄目だな。もういい。失敗作にこれ以上時間は割《さ》けない』

『しかし……』

『ナタニエル様にも悪影響《あくえいきょう》だ。早急《さっきゅう》に実行しろ』

殴る蹴《け》るの暴行を加えていた男の一人が、少年の胸倉を掴んで唾《つば》を吐いた。

『どうせすぐに傷が治るからか？　殴っても斬《き》っても傷痕を残さず数日で綺麗《きれい》に治る。羨《うらや》ましいもんだ。だがな、お前には体質だけじゃなく、才能もあるはずなんだよ。最後の忠告だ。――戦え』

『――嫌だ』

少年がきっぱりと答える。男が少年の身体を地面に投げ捨てた。

我慢ならなくて、男に近づいて思いっきり叩《たた》いてみても、すり抜ける。ちょっとこれ夢でしょ？　あの青年が出てくる夢じゃあるまいし、私が最強なんじゃないの？

自分の夢にしては、趣味《しゅみ》が悪すぎるよ。

少年が、けほっと咳《せ》き込《こ》んで起き上がった。

視線は、合わない。少年には私が見えていない。でも、少年の考えていることは、伝わってくる。

少年には、名前はなかった。

ただ、自分が期待外れだと思われているということは、わかっていた。

期待された出自だったから。

類《たぐ》い稀《まれ》な戦闘能力《せんとうのうりょく》を発揮することを、望まれていた。でも、生まれた子ども——少年は、成長して剣を握《にぎ》れるようになっても、それを振るうことを恐《おそ》れていた。

だから、戦わない。

『それじゃあ、処分だな』

男は少年をさらに殴って気絶させて、身体を縛《しば》って重しをつけた。

ちょっと、嘘でしょ？　パクパク口を開けても、声は出ない。

見ているだけしか、できない。

少年の身体が広がっている湖に投げ捨てられた。——沈《しず》んでゆく。

水の中まで近づけるのに、伸ばした手は少年の身体を突き抜けるだけだった。

ゴボリ、と少年の開けた口に水が入る。手足をばたつかせて、苦しがっていた少年は、急に冷静になった。そうだよ。頑張《がんば》れ！

息を止め、靴《くつ》の中に潜《ひそ》ませてあった短剣《たんけん》を、取ろうとする。なのに、掴みそこねて、短剣は水中へと落ちてゆく。

『っ！』

先回りして何とか私がキャッチ……すり抜けちゃう！　私の役立たず！

でも、少年の左手が、短剣をようやく摑んだ。足に何重にも括《くく》り付《つ》けられていた荒縄《あらなわ》を切る。荒縄と共に、重しが水底《みなそこ》へ沈んでゆく。身体が軽くなった、少年が水をかいた。地上へ浮上《ふじょう》しようと、もがく。上はただ水で、暗い。何も見えない。いずれは地上に出られると信じて、水をかくしかなかった。呼吸を止めていることが難しくなり、開けた口に水が入り込む。

自分のことのように、少年のことがわかる。私、この子と同化しているのかな？

『――っ！　ゴホっ、ゲホっ』

顔だけが、水面《みなも》の上に出る。空気を求めて、口を大きく開ける。

岸辺へ片手をかけた少年が人の気配に気づいた。

『何だ。生きてるのか？』

男が、少年の右手を、力任せに靴の底で踏んだ。

『いいから死んどけ』

――止《や》めてってば！　感じるんだよ。

この子の心が、どんどん……。

『……何だ』

少年がぽつりと呟いた。

手を踏まれながら、ようやく、わかった。

とても簡単なことだった、と。

『………い』

『何だ？　死にたくないってか？　残ね……』

勢いよく、少年は男の足に、水中から振り上げた左手の短剣を突き刺した。悲鳴があがる。

短剣は、人を傷つけるために、持っていたわけではなかったのに。

わかりたくないのに、わかる。少年の心はひどく凪いでいる。

周囲が自分に才能を期待していたように、この子は、期待していた。

誰かが、来てくれるのを。助けてくれるのを。手を差し伸べてくれるのを。

だけど。

『ようやく、わかった』

——ようやく。

ようやく、少年が、得心《とくしん》した。

——助けは来ないって。

生きたいのなら、自分で何とかするしかない。自分で道を切り開くしかない。

どんな手段を使っても。

頼《たよ》れるのは、自分自身だけ。

そう気づいてみれば、武器はひどく手に馴染む。冷たい無機質な道具は、自分を裏切らない。思うままに操《あやつ》れる。

剣を握ることを――人間と戦うことを恐れていた自分が馬鹿らしい。

『こんなことをしてどうなるか……！』

『戦え。才能を、見せればいいんだろう？』

――見せてやるよ。

少年が言い放つ。

――誰も、助けになんて来ない。

少年の心が、伝わってくる。諦めと、決意。

そして、これは夢なのに、私は、彼の戦い方に、見覚えがあった。

一方的に、無抵抗《むていこう》で殴られていたときとは見違えるような姿。圧倒的《あっとうてき》な、差。

そう、だった。この少年も、黒髪に、濃い青い瞳で、持っている短剣も――。

『クリフォード……？』

声が、出た。

短剣――『空の間』で私が借りたものとそっくり――を構え、返り血を浴びた少年が即《そく》座《ざ》に振り返る。

私の声が、聞こえてる？

『誰だ』

敵意に満ちた、冷たい問いかけが響く。

少年が、私を見た。クリフォードと同じ、濃い青い瞳がびっくりしたように無防備に見開かれる。

口元が動いて――。

そこで、夢は覚めた。そこまでしか、夢の内容を覚えていない。


「セリウス殿下から、明日の警備体制案が届いております」

ヒューが応接机に置いた、紙の束を手に取る。

いよいよ明日が視察日。兄と私が囮となり、反王家の曲者による襲撃に対し罠をかける。

地下牢でクリフォードに作戦の件は伝えることができた。他の牢にいた容疑者……あそこにいた兄の護衛の騎士たちの耳にも入ったはずだけど、どういう結果になるのか。

ただし、それとは別に脳裏を占《し》めているのが――昨夜見た夢。

寝室《しんしつ》には、クリフォードに挿してもらった庭園のリーシュランがもともと飾ってあったし、さらにエドガー様からもらったものも寝る前に移動させて、良い香りに包まれながら就寝《しゅうしん》したはず——なのに。

クソ忌々しい記憶とはまったく別ベクトルで悪夢を見てしまった……。

それに、続きもあった、気がするのに……。

目覚めたら、ボロボロ泣いていたし。いつもサーシャが来る前には起きるようにしていて、ある程度身だしなみは整えていたのに——。それも今朝はできなかった。というか、クソ忌々しい記憶とか、前世の夢を見て、たまにね？　ほんっとにたまーに、もう数えるぐらいなんだけど、泣いちゃってることとかあったから、朝、バレないようにしていたのに……！

今朝は、隠蔽《いんぺい》に失敗した……。「悪い夢を見たの」って、これは正直に言うしかなかった。

サーシャたち侍女の化粧《けしょう》技術はもちろん完璧だし、昼食もいただいて既に午後、目の腫《は》れは誰にも悟《さと》られていない。まあ、今日会ったの、サーシャとマチルダと他の侍女とヒユーだけなんだけどね……。

本日は、明日の予定が決定された状況で兄を刺激《しげき》することもないし、庭園にも行かず、自室に引きこもっている。

明日のドレスと装身具一式を選んでおいたぐらい。公式行事だから、流行よりも明るい……クリーム色が主で、スカート部分がふわっとしているドレスにしてみました。

一応、一カ月前からあらかじめ候補のドレスは決めてあって、改めて最終決定。マチルダやサーシャ、侍女たちの意見を取り入れたもので、靴も同系色。『オクタヴィア』の容姿と親和性が高いチョイスかな。黒扇を持っていてもミスマッチじゃないかが少し心配だったけど、姿見で確認済み。ＯＫ！

装飾品《そうしょくひん》、これは着けるものが指定されていて、王女用のティアラ。だけど、当日は一緒に生花も飾ることにした。生花の髪飾りブームを目論《もくろ》んでいることをサーシャたちに話したらノリノリだったしね！

あと、包帯が目立つ可能性があるってことで、急遽、左手用にレースの手袋《てぶくろ》。

だから、あとは明日を迎えるのみ！

——視察のことを考えるべきなのに、夢のことが気にかかる。

夢は夢。自分が考えたこととか、記憶がベースのはず。だから、あの少年が出てくる夢も、私の想像の産物。私の脳が考え出した夢なんだよ……！　ショック。

何度も思い返しているから、まだ内容も鮮明《せんめい》だしね。あの少年って、最初に連想したのはシル様の子ども時代だけど、クリフォード、だよね……？

クリフォードに対して、あんなひどい仕打ちをする夢を編み出すとは、このポンコツ脳みそめ……！　しかも子どもにして！

はあ、と片手には紙の束を持ったまま、肘置きに肘をついて頭を抱える。

夢……だよね？

ただの、夢であって欲しい。私の脳みそが、すんごく悪趣味だってことで、ただそれだけであって欲しい。

あんなこと……現実であって欲しくないもん。

「殿下、お疲れなのでは？　休憩《きゅうけい》を取られても……」

「あ、……いいえ」

心配そうにサーシャが見ている。泣きながら起きた事件の影響で、サーシャが普段も優《ゆう》秀《しゅう》なのに三倍増しでさらに有能侍女になっている。

「サーシャの淹れてくれるいつもの紅茶が飲みたいわ。お願いできる？」

私が言ういつものとは、牛乳のたっぷり入った、とどのつまりミルクティー。

「お任せください！」

さっと礼をしたサーシャがお茶の用意を開始する。

──しっかりしないと。

よし、と改めて紙の束に向き合う。明日の警備体制について、だっけ。

ふむふむ。うーん……？

「ヒュー」

「は」

立って控えているヒューが即座に応答する。

「この案だけれど、すべて兄上が管轄《かんかつ》する騎士や兵だけなのね」

私の護衛の騎士は一人、クリフォードだけだけど、それ以外に、外出時や、馬車に乗るときなんかに守ってくれる兵士の顔ぶれはだいたい決まっている。私直属の軍隊があるわけではないものの、第一王女用にいつも駆り出される人たちっていうのかな？

準舞踏会へ行ったときもそうだった。

「わたくしを守り慣れている人たちに同行して欲しいのだけれど」

準舞踏会への道中、あの腕の良い御者《ぎょしゃ》の名前だって、サーシャに訊いてもらってゲットしたんだから。スヤスヤな乗り心地を演出してくれた御者の名前はカールだって！　次回も御者として指名するって決めていたのに！

でも、カールの名前だってない。当日、馬車を操る御者の名前は違う人だ。

「準舞踏会で、殿下の警護に携わった者は、全員除外されております」

「何故？」

「殿下をお守りするという任務を遂行できなかったことにより、視察の警備体制に加えるには疑問符《ぎもんふ》が生じます。また、彼らに対する万が一の精査が終了していないためです」

「だから、兄上の選んだ者だけで固めるということ？」

能力的にはどの人も問題ないんだろうけど、要するに、兄とシル様のファンが多いってことだよね……？　兄派は私を嫌《きら》っている人も多いし……。クリフォードだって当日は近くにいないし……味方……精神的な味方が欲しい……！

味方を求めて考える。

こういうときは……アレク！　本人は不在でも、アレクに仕える兵士で誰か……。いる！　いた！

「見知らぬ者だけに守られていては、わたくしも不安だわ。人選にアレクの兵士を加えることはできないのかしら」

「アレクシス殿下の、ですか？」

「ええ。名前は、ガイ・ペウツよ。アレクが目をかけている兵士なの」

「――承《うけたまわ》りました。セリウス殿下にお伝えいたします」

アレクが私のところへ使いとして出したくらいだもん。ガイなら信用できる！　アレクへの信頼はガイへの信頼！

「しばし、失礼いたします」

兄は、私の普段の警備も強化しているようで、護衛の騎士が二人、実はヒューの助《すけ》っ人《と》として廊下に控えている。

ヒューが彼らに話を伝えに行っている間、もう一度警備体制の案に目を通してみる。

幸い……というか、原作に出てきた名前ありのキャラクターで入っているのは、ヒューだけみたい。ネイサンは今回お留守番？

ヒューが戻って来た。

「お待たせいたしました。セリウス殿下の回答をお待ちください」

「あ、待って。もう一人、追加で加えて欲しい兵士がいるの」

「どの者でしょうか」

「エレイル・バーンという兵よ」

私がエレイルの名前を口にした途端、ヒューの顔が曇った。

「エレイル・バーン、ですか……？」

「ええ。彼もアレクに仕えているわ」

「しかし彼は、殿下へ剣を投げた者では……？」

「……よく知っているわね」

びっくりした。穏便に済ませたはずなんだけどな。

「城内に広まっているの？」

ヒューが首を振った。

「アレクシス殿下も、大事にはなさいませんでしたから。ごく狭《せま》い範囲では知っている者もいる、という程度です。セリウス殿下も把握《はあく》しておられますが」

「けれど、わたくしは彼がいいの」

精神的なオアシスとして加わって欲しいのはガイ。エレイルはルストの弟だから、その辺、ちくちく訊く機会としてぜひ加えたい……！

——ミルクティーの甘い香りが漂ってくる。

「殿下。ご用意できました。どうぞ」

「ありがとう」

サーシャが置いたティーカップを口元へ運ぶ。

うん、これこそいつもの。慣れ親しんだ味。

最初は、マチルダが淹れてくれていた。私付きの侍女になると、みんなマチルダから教わる。コツを教えて欲しいって頼むんだけど、みんな教えてくれないんだよね。「殿下に教えてしまったら、ご自分で淹れてしまわれるでしょう？」って。解《げ》せぬ。絶対そのほうが皆《みな》も楽なのに。

「侍女の仕事を取るべきではありません。それに、飲みたくなったときは、いつでも侍女をお呼びくだされればいいんですよ」とマチルダに言われて押し負けた過去……！

まあ、実際、サーシャに淹れてもらうミルクティーは美味しい。兄のレベルアップした技術によるお茶とはまた違う味わい。

……ほっと落ち着く味。

「——オクタヴィア殿下は」

エレイルを加えるのは反対！　と言われるのかと思ったら。

「セリウス殿下が変わったと思われますか？」

何、このヒューの質問。

「どういう意味、かしら」

「殿下の様子を拝見して、――昔、殿下のために、茶の淹れ方を練習していたセリウス殿下を思い出しました」

下級貴族の出身だけど、ヒューは兄とは子どもの頃からの付き合いだ。それこそ、デレクと同じくらい。ただ、やっぱり身分が違うから、デレクみたいな友人関係ではないみたいだけど。兄とデレクが親友同士でありつつ主君と臣下であるとしたら、兄とヒューは、主君と臣下の関係性のほうが強いんだと思う。

だけど、ヒューも、デレクと同じように違和感《いわかん》……疑問を抱いているってこと？

確かに、兄は記憶に変なところがある。それは私も垣間見《かいまみ》た。――だけど。

「兄上は兄上よ。本質が変わったとは思わないわ。ヒューは違うの？」

「……………」

沈黙、ということは？

ヒューが剣に下げた、短い金色の飾り房が目に入った。

「わたくしに必ずしも賛同することはないわ。正直に述べてくれて構わない。それとも、個人的な感情は言えないかしら？」

「――昔といま。私には、セリウス殿下が二人いるように感じられるときがあります」

「でも、あなたはどちらの兄上にも忠誠を誓《ちか》っているのでしょう？」

「はい。その通りです」

答えたヒューの漆黒の瞳に、濁《にご》りはない。澄《す》みきった強い意志がある。……安心した。

まったく、原作にあったセリウスとヒューの信頼と忠誠に亀裂でも入っているんじゃないかって不安になっちゃったよ。ただ、ヒューの言葉はそれで終わりじゃなかった。

「ですから、昔のセリウス殿下がいまのセリウス殿下を見れば、強くお怒りになられることでしょう」

口調はよどみなく、瞳にも忠誠への揺らぎはない。

だから、その姿勢は、告げた内容と乖離《かいり》していた。

「ヒュー……？」

ヒューが目を伏せた。

「エレイル・バーンを警備に追加する旨《むね》、承りました」

その日のうちに、兄からの返答がもたらされた。

私の要望通り、ガイとエレイルを視察の警備任務に就ける、と。

今日も深読みが止まらない平民兵士の、たぶん平和な休日

「でさあ。聞いてる？　ガイくん」

「聞いてる聞いてる」

混雑する店内で、俺は相づちを打って川魚の串焼《くしや》きにかぶりついた。油で揚《あ》げてあり、熱々で香草が利いている。絶品だ。さすが安くて美味《うま》い定食屋なだけはある。

王都は屋台も含《ふく》めると飲食物を提供している店の数が故郷とは桁違《けたちが》いだ。競争も激しく、値段や味もピンからキリまでだが、この定食屋は間違《まちが》いなく穴場だ。

「ガイくんさあ、温厚《おんこう》な俺でもさすがに怒《おこ》るよ？」

赤い髪《かみ》のひょろりとした知り合いが、甘塩《あまじょ》っぱい味付けのタレがたっぷりかかった肉と野菜の串焼きを手にぼやいた。これも美味いんだよな。俺も一本追加で頼《たの》むか？

「聞いてるって。あの準舞踏会《じゅんぶとうかい》に行ったんだろ？」

いかに腹が空《す》いていて串焼きが絶品であろうとも、この話題を聞き流したりはしない。

――あの、だ。ちょうど三日前。

オクタヴィア殿下《でんか》が久しぶりに参加し、ついに表立って動き出した、準舞踏会。

俺のような新人兵士のところまで波及《はきゅう》するぐらい、あれから王城が大騒《おおさわ》ぎだからな。

「そうそう！　美形が一杯《いっぱい》いて目の保養だった」

そこか。そこなのか。

「……良かったな」

俺は棒読みで言った。

「でも出会いはなくてさあ。結局こうしてお休みの日にガイくんとつるんでるわけよ」

「理想が高すぎるんじゃねえの」

こいつは男も女も両方いけるが、その基準は『美』だ。

老若男女《ろうにゃくなんにょ》問わず。

幼女であっても美少女であれば恋愛《れんあい》対象……になりそうなのが怖《こえ》ええええ！　一応常識はあるっぽいから大丈夫《だいじょうぶ》だとは思うが……。……大丈夫だよな？

男であればもちろん美形が好きなため、俺は対象外だ。普通《ふつう》に生んでくれた故郷の村の両親に感謝したい。

まあ、そういうこいつも、美形というわけではない。

何というか……雰囲気《ふんいき》か？　雰囲気でたまーに美形に見えることもある。

俺はじーっとそいつ——ステインを凝視《ぎょうし》した。

ステインとの出会いを思い返す。

王城事情にも慣れ、アレクシス殿下から訓練相手として指名されるようになった頃《ころ》、肩《かた》身《み》が狭《せま》い仲間である同僚《どうりょう》とは一日違《ちが》いで訪《おとず》れた休日。

男同士の恋の花咲《さ》く兵舎の空気にいたたまれず、俺は寒々しい懐《ふところ》と共に城下に繰《く》り出《だ》した。私服は洗濯《せんたく》した後だったんで、仕方なく兵士の格好で出掛《でか》けた。

ぶらぶらと王都散策をしていると、そこで若い男に「ちょうどいいところに！　そこの兵士さん！」と声をかけられたのだ。

ごろつきに絡《から》まれている少女を助けて欲しいと。

見ると、確かに。その通りの光景があった。治安維持《ちあんいじ》も兵士の役目だ。

『俺、すっげー弱いから！　代わりに兵士さんよろしく！』

ぐっと親指を立てて明るく言い放った赤毛の男。

それがステインだった。

無事少女は――かなり美人だった――助けられたが、そこから恋の物語が始まることはなかった。少女は彼氏《かれし》持ちだったのだ……！

ちなみにごろつきは俺が少女との間に割って入った時点で退散していった。

王城の兵士の背後には当然、公権力がついている。ごろつきもわざわざ兵士に喧嘩《けんか》を売るようなことはしない。奴《やつ》らも絡む相手は選んでいる。

「……ガイくん。ごめん。俺、熱く見つめられてもさ、好みってものがあるからガイくんの気持ちにはちょっと……」

「ガイくんの顔がもっと美形だったら俺の食指《しょくし》も動」

「違うぞ」

俺は問答無用で遮《さえぎ》った。

「お願いだから永遠に動かさないでください」

「お、丁寧《ていねい》なのに無礼！　貴族社会でもやっていけるねガイくん！」

けらけら笑っているこのステインは、なんとナイトフェロー公爵家《こうしゃくけ》に仕えている。

この衝撃《しょうげき》の事実を知ったとき、正直俺は思ったものだ。

人材不足なのか？　ナイトフェロー公爵家！

――とにかく、大貴族に仕えているから貴族の事情に通じているし、本人は平民なので、貴族寄り、平民寄り、どちらの考え方にも適応している。

たまにこうして飯を食うぐらいには付き合いやすい奴だ。

今日も、昼飯を食べに来たらここで仕事関係の知人と落ち合う予定だというステインとバッタリ会い、それまで暇《ひま》だというので相席することになった。

こいつの知人が来たら俺が席を移動すればいいだろう。

「そういえばさ、準舞踏会、アレクシス殿下は来てなかったんだよね」

ステインが新たに話を振《ふ》ってきた。

「それが？」

「いやあ、俺、オクタヴィア殿下のエスコート役はアレクシス殿下だと思ってたからさあ。舞踏会だとそうだし」

極秘事項《ごくひじこう》だが、アレクシス殿下はいま王都にいないからな。いや、なんでそんなことをステインが気にするんだ？　……まさか。

「ステイン……。アレクシス殿下に惚《ほ》れてるんじゃないだろうな……？」

「あー、ないない」

こっちの気が抜《ぬ》けそうな調子で片手が振られる。

「そっとお姿を拝見できればいいなあ、ぐらい。アレクシス殿下はさ、あの美少年顔ですんげえ厳しいし！　人を選んでるよね。下心ある奴は視界にすら入れてもらえない。見てると、基本人嫌《ひとぎら》いだよねー。だけど俺、望みがある恋愛をしたいし、美形に嫌《きら》われると死んじゃうから、心が！」

「まあ……殿下の環境《かんきょう》を思えば。つーか、よくわかるな」

興味がないのに、恋愛感情を押しつけられてりゃ、そりゃあなあ。女の子だって、どうでもいい男に迫《せま》られたら迷惑《めいわく》すぎるだろうし、それと似たようなもんだ。

アレクシス殿下、きっと平民に生まれれば楽だったよなあ。いや、アレクシス殿下の場合、単に女の子に迫られることになるだけか？　どちらにもモテる苦労……か。

「俺、閣下《かっか》のおまけで王城に行くことがあるからねー。美少年を見られそうな機会は逃《のが》しませーん。準舞踏会もしかり！」

しかし、お目当てのアレクシス殿下は準舞踏会に来ていなかったわけだ。

「……アレクシス殿下は体調を崩《くず》されているそうだぞ」

このことは別に隠《かく》されていない。今朝、一部の兵士が、「アレクシス殿下のお姿を今日でもう四日……四日も……」と嘆《なげ》く集団になっていた。

普段《ふだん》はそんな素振《そぶ》りをあまり見せていない奴らばかりがそうだったんで、俺は震《ふる》え上《あ》がった。わかりやすい奴らのほうがまだ良《い》いのかもしれないな、と考えさせられた一件である。

「えー。準舞踏会の数日前にお見掛《みか》けしたときは元気そうだったけどなあ」

「数日あれば体調なんて激変するぞ」

「そんなもん？」

「そんなもんそんなもん」

つーか、ステインも準舞踏会では美形を鑑賞《かんしょう》してるだけってわけにはいかなかったはずだぞ。

「で、その準舞踏会、会場の『天空の楽園』だっけ？　襲撃《しゅうげき》のほうはどうだったんだ？　その……被害《ひがい》とか」

さりげなく、尋《たず》ねてみた。

「あれ？　ガイくん知らない？　襲撃はあったけど準舞踏会はつつがなく行われたし、死傷者なんかも出てないよ」

「……いや、一応ってこともあるだろ」

問い返され、俺は言葉を濁《にご》した。

……そうなんだよな。

三日前、レディントン伯爵《はくしゃく》が主催《しゅさい》する準舞踏会の最中、武装した輩《やから》による襲撃事件が起こった。未然に防がれ大きな被害はなかったらしいが――狙《ねら》われたのはオクタヴィア殿下だ。

そして俺は知っている。殿下の護衛《ごえい》の騎士《きし》は、『オンガルヌの使者《ししゃ》』なのだ。

襲撃者たちに対する容赦《ようしゃ》なんてあり得るのか？

俺ですら首の皮一枚で繋《つな》がった身だ。

明確な敵対行動を取ったとなれば……死屍累々《ししるいるい》。ヤバい奴らを一掃《いっそう》！　一方的な血みどろの惨劇《さんげき》が密《ひそ》かに起こっていてもまったく全然おかしくない。

「一応……。そんなことを言うガイくんに質問でーす。もしかして王城で被害について疑うような秘密の情報でも仕入れたとか？」

ヤバい。変な方向でステインの好奇心《こうきしん》に火がついた。こうなるとステインは結構しつこい。若干焦《じゃっかんあせ》りかけたものの、しかし俺はすぐに落ち着いた。

——オクタヴィア殿下や『オンガルヌの使者』と接し、寿命《じゅみょう》が縮みそうだったあのときと比べれば。ステインの追及なんてかなりウザいだけだった。

命も懸《か》かっていない。天空神のごとく心が凪《な》いだ。

「……あのな、ステイン。俺を誰《だれ》だと？」

「ガイくんだね」

「まだ所属も決まっていない平《ひら》の新人兵士が、秘密の情報なんぞに触《ふ》れる機会があると思うか？」

あったけどな。

「襲撃についてはほら、あれだ。現場にいた人間の話を聞いてみたくてあんな言い方になっただけだ」

「現場っていってもなー。襲撃犯を見たわけでもなく、知らない間に始まって終わってたからねえ。だいたい、仮にヤバそうな場面に遭遇《そうぐう》したら俺は逃《に》げるし。間違っても自分では立ち向かわないね！」

「……戦場でも生き残りそうだな」

「わかる？　そもそも戦場に行かないからね！」

「——ステインって怖いものとかなさそうだよな」

たとえば『オンガルヌの使者』と敵対してもうまく立ち回りそうな気がする。

「え？　あるよ。怖いのは、雑魚《ざこ》でも侮《あなど》ってくれない人間」

二本目の串焼きにかぶりついていたステインが真面目な顔で答えた。

「はあ？」

「身体的でも精神的にでもいいけどさ、強い奴って、大抵《たいてい》は無意識に驕《おご》ってるものなのよ。だから明らかに弱そうな俺みたいなのは警戒対象《けいかいたいしょう》外ね。多少馬鹿やっても疑われない。能力不足ゆえの失敗だって納得《なっとく》してもらえる。何故《なぜ》なら俺は雑魚だから！」

「雑魚……」

何故こんなにも堂々と晴れやかに雑魚宣言をしてるんだ。

「雑魚なのは俺の長所だよ、ガイくん。むしろ自慢《じまん》」

ステインが胸を張った。ドンと拳《こぶし》で叩《たた》く。

「自慢か……？　自慢なのか……」

「そう！　雑魚は大目に見てもらえる。問題なのは、いわゆる強者なのに騙《だま》されてくれない奴！　雑魚にも厳しい！　俺も辛《つら》い！」

「どう厳しいんだよ」

「戦闘《せんとう》ならさ、雑魚でもきっちり一人一人止《とど》めを刺《さ》す。倒《たお》れて死んだ振りしてるところに心臓突《つ》き刺《さ》してくる。強い弱い、雑魚か否《いな》か、性別年齢《ねんれい》も関係ない。すんごい平等」

「うわ。嫌《いや》な平等だな」

平等も、発揮される場所によりけりか。

「そうそう。だからさあ、仕事がやりにくくて嫌なわけ。美形は別で」

「結局そこに帰結《きけつ》するのかよ……」

聞いて損した。

「美形といえば、準舞踏会中に仕事でバークスちゃんと会ったんだけどさー」

串焼きを食べ終わり、本日のオススメ、隣国《りんごく》カンギナから仕入れているという米を使った煮《に》込《こ》み料理を口に運んだ直後だった俺は、咳《せ》き込《こ》みかけて無理矢理呑《の》み込《こ》んだ。

バークス……。ちゃん呼びには突っ込まない。ステインはこういう奴だ。俺だっていつの間にかガイくんになっていた。

ただ、バークスって、あのシル・バークスだよな？

セリウス殿下の恋人の。そのうちに婚約者《こんやくしゃ》、ゆくゆくは結婚《けっこん》だろうっていう。

準舞踏会での騒動《そうどう》に関する話題で、シル・バークスという名前も頻繁《ひんぱん》に出ていたが。

「……そういうの、部外者に話していいのか？」

「話しちゃいけないようなことはもちろん胸に秘めてるってー」

「ならいいけどさ……」

「ガイくん、美形じゃないけど良い奴だよね……。ヤバそうなときは俺を呼んでくれれば助けるよ」

気持ちは嬉《うれ》しい。嘘偽《うそいつわ》りのないステインの気持ちだろう。しかしだ。こいつの場合。

「……でも、俺の敵が美形や美少女だったら、俺を見捨てるんだよな？」

「当然ガイくんの敵に回るかな！」

いい笑顔《えがお》で、迷いなくステインは言ってのけた。

窮地《きゅうち》に陥《おちい》っても、絶対ステインにだけは助けを求めてはならない……！　敵が増えるだけじゃねーか！　しかもこいつ、単純な近接戦なら俺も簡単に勝てる自信があるんだが、なんか敵に回すと厄介《やっかい》そうで嫌なんだよな……。

どっと疲《つか》れた。俺は息を吐《は》いた。

「——まあ、仕事でも、バークス様に会えて良かったんじゃないか」

超絶美形《ちょうぜつびけい》のセリウス殿下と並んで立っていても見劣《みおと》りしない容色《ようしょく》だ。美形好きのステインにとっては眼福《がんぷく》だったろう。

しかし、王子に同性の恋人がいることについて、こんなに普通に話せるのはエスフィアならではだな。

「美形っぷりに大満足。でも、意外なところもあったかな」

「意外？」

「オクタヴィア殿下のこと、本気で心配してたし、見た感じ殿下も別にバークスちゃんのこと嫌ってないっぽい？」

「へー」

俺は煮込み料理を匙《さじ》でかき込んだ。これも美味い。米もいいもんだな。肉と魚にも味が染《し》み込《こ》んでいる。

「へーってガイくん、もうちょっと反応をさあ」

「オクタヴィア殿下とバークス様。王女と王子の恋人だぞ。どっちも俺には遠い存在だし、直接話すことも——」

言葉を切った。俺、アレクシス殿下から伝令役を仰《おお》せつかって、その結果、オクタヴィア殿下とも話したんだよなあ……。

——ついでに、殿下に仕える『オンガルヌの使者』とも。

身震《みぶる》いした。怖《こわ》。

「……話すことも？」

「話すこともないから、劇的な反応なんて期待されても困る」

実際、オクタヴィア殿下と話す機会なんて、二度目が訪れるのかって感じだしな。それこそ俺が飾《かざ》り房《ふさ》を剣《けん》につけられるようにでもならないと無理だ。

「お二人の仲が良いなら、喜ばしいいんじゃないか？」

しかし、オクタヴィア殿下のことだ。ただ仲良くってわけじゃあないだろうな。

三日前の準舞踏会にはバークス様も出席していたという。

──それもオクタヴィア殿下と一緒《いっしょ》に。

さらには殿下がナイトフェロー公爵子息のデレク様と開幕のダンスを務め……。

「なあ、ステイン。お前の雇《やと》い主《ぬし》……無事か？」

「閣下？」

「いや、デレク様」

「デレク様？」

「だって、オクタヴィア殿下と踊《おど》ったんだろ？」

たかがダンス。されどダンス。

オクタヴィア殿下と踊るということには、深い意味があったのだ……！

殿下と踊る者には、破滅《はめつ》か栄光のどちらかが必ずもたらされるのだという……。

貴族社会に属する人間にとっては常識だったらしい。それをいち兵士の俺も知るところとなったのは、準舞踏会にまつわる噂《うわさ》が城内を駆《か》け巡《めぐ》っているからなんだが。

俺の脳裏《のうり》をよぎったのは、遡《さかのぼ》ること四日前、準舞踏会前日にアレクシス殿下の命を受け、伝令役として練習室へ行ったときの出来事だった。

オクタヴィア殿下と『オンガルヌの使者』がしていたダンス。──死の舞踏。

『オンガルヌの使者』にもたらされるのは、栄光、か？　存在自体は破滅とものすごく親和性が高そうに感じるが……。

それに、だ。

俺は殿下と踊ったわけではないが、ダンス用の音楽がかかっている練習室で、殿下に耳打ちをした。踊ったわけではないが！　これって、危ない橋を渡《わた》っていたんじゃないか……？

まさか、おれは破滅するのか？　それとも栄光を掴《つか》むのか？

後から来る衝撃ってやつだった。

笑うしかない。同僚に「おい、ガイ。たまに見かける侍女《じじょ》さんたちみたいな目をしてるぞ。死んだ魚みたいな目」と言われた。

踊っていない俺でさえこうなのだ。必定《ひつじょう》、準舞踏会で殿下と踊った人物のことが案じられるというものだ……！　我が事のように感じる。

「あー、六、四？」

ステインがちょっと考え込んでから口を開いた。

「六、四？」

暗号か？

「デレク様が破滅する、が六割。栄光を掴む、が四割。俺の調べた予想状況《よそうじょうきょう》。そのうち半々になりそうな気配」

開いた口が塞《ふさ》がらない。

「あのさあ……」

「単純にデレク様が元気かって話なら、すぐわかるんじゃない？」

「……すぐ？」

「すぐすぐ」

意味がわからん。城でお見掛けするってことだろうか？

……準舞踏会前ならともかく、どうだろうな。

「デレク様は、セリウス殿下を裏切ったのではないか？」なんて話が、セリウス殿下派の先輩《せんぱい》兵士から出るくらいだからなあ。

オクタヴィア殿下が、セリウス殿下の力を殺《そ》ごうとしている、とも。

——昨日、陛下《へいか》からの告知があった。あれが拍車《はくしゃ》をかけた。

ただし、俺が遠目で見かけたセリウス殿下は、表面上は普段と変わらないように見えた。

オクタヴィア殿下は陛下の計らいで公務をこの三日休んでいる。襲撃のこともある。大事を取って一週間ぐらいは自室で過ごされるのではないかと言われている。

アレクシス殿下も臥《ふ》せっているという名目で実際は不在だし——。

「女王？　女王なんてあり得ないだろーが」

「けど、王冠《おうかん》を発見なさったのはオクタヴィア殿下だぜ？　感じるもんがあるだろ」

「そもそもセリウス殿下は王太子じゃねえからな」

「馬鹿野郎《やろう》！　王太子じゃなくても継承権《けいしょうけん》一位はセリウス殿下だ！　第一王子だからな！」

客——昼間から酔《よ》っ払《ぱら》っている赤ら顔のおっさんが席を囲む仲間と言い争っている。

「あれ、陛下が発表された件の影響《えいきょう》だろうねえ」

ステインが口にくわえた串をプラプラ動かしながら無駄《むだ》にうまく喋《しゃべ》ってのけた。態度はふざけているが、その内容には俺も同意だ。

「……だろうな」

客のおっさんたちが話していたように、次期国王と目されているセリウス殿下はしかし、王太子ではない。その座は空白。第一王子だし、ほぼ王太子と同義だろうと思われていたが、確定しているわけではないのだ。

陛下が言明しない限り、セリウス殿下以外も王太子となる可能性はある。

いま、そうだと思われている継承権の順位も、変動するかもしれない。

そのことが、浮《う》き彫《ぼ》りになったばかりだ。

——オクタヴィア殿下が、失われていた本物の王冠を見つけたことで。

昨日、陛下が自ら国民に向かって大々的に公表された。

王家に伝わっていた王冠は、偽物《にせもの》……というか、ウス王の時代に紛失《ふんしつ》した結果、作られたものだった。しかし本物が発見された。僥倖《ぎょうこう》である、と。

準舞踏会の会場でもあった『天空の楽園』。もともとは王家の所有していた建物——離《り》宮《きゅう》だったところに本物の王冠が仕舞《しま》い込《こ》まれていた。

発見したのがオクタヴィア殿下だ。

この発表は、各所に波紋《はもん》をもたらした。

本物の王冠を、オクタヴィア殿下が、だぞ？

出来過ぎだ。なるべくしてそうなった。そう想像せずにはいられない。

準舞踏会での襲撃のこともある。狙われたのはオクタヴィア殿下だが——ただ狙われたわけじゃない。ナイトフェロー公爵とレディントン伯爵と組んで襲撃者を捕《つか》まえるために計画を立て、実行したという。

オクタヴィア殿下がついに動き出した、と解釈《かいしゃく》される所以《ゆえん》だ。

王女ならば、これまでは携《たずさ》わってこなかったような……能動的な行動に出た。大々的に、だ。本物の王冠という手土産《てみやげ》付きで。

その上、王冠を陛下に届けたのは、ナイトフェロー公爵だ。

個人的にはオクタヴィア殿下と親しいが、公的には肩入《かたい》れせず、一定の距離《きょり》をおいていたナイトフェロー公爵が、オクタヴィア殿下から託《たく》された本物の王冠を国王陛下に手渡《てわた》した。

——この図式の意味することは一つ。

ナイトフェロー公爵が、公的にオクタヴィア殿下についたってことだ。

着々と殿下は足場を固めている。

俺も貴族たちの権力闘争《けんりょくとうそう》にこの三日で随分詳《ずいぶんくわ》しくなったもんだ。出世のために役立つから良いけど。

……にしても、本物の王冠が戻《もど》って来たなら、こっそりすり替《か》えてしまえば良かったのにって思うのは、平民ゆえの浅知恵《あさぢえ》ってやつか？　俺たち国民は、陛下が被《かぶ》られる王冠が本物だと疑ってもいなかったんだから、わざわざ公表しなくてもな……。

——王太子のこともだが、陛下のお考えを俺が見通そうってのが無理な話か。

黙々《もくもく》と煮込み料理を食べ続け、米の一粒《つぶ》まで完食した俺は、匙を置いた。

息を吐く。食った食った。

置いた匙のかわりに、炭酸水の入った杯《はい》を手に取る。

「お、来た来た。こっちですよー」

細長い筒状《つつじょう》のパンに切り目を入れ、味付け肉の薄切《うすぎ》りを挟《はさ》んだものを食べていたステインが、定食屋の入り口に現れた人物を振り返って、手を上げた。

ようやく落ち合う予定の知人が来たのか、と炭酸水を飲みながら、そっちを何気なく見た俺は、大きく咳《せ》き込《こ》んだ。

「ぐっ。げほっ！」

炭酸が喉《のど》を直撃《ちょくげき》する。

「ステイン……！　おま」

これなら、誰が来るかは言っておけ！

仕事関係の知人って、お前が仕えている公爵家のご子息だろうが！　デレク・ナイトフエロー様が、こんな庶民《しょみん》の定食屋に来るなんて聞いてないぞ！

俺たちの座る席に来たデレク様は、けらけら笑うステインと、炭酸水に噎《む》せる俺を見、何やら察したようだ。深いため息をついた。

「ステイン……」

デレク様が低い声を出す。

「俺は無実ですよ？　ちょーっと誰が来るのかぼかしていたせいで、ガイくんが驚《おどろ》きすぎたぐらいで！　ガイくんにはひどいことなんてしませんってー。お友達なので！　ね、ガイくん！」

「違います」

俺は即行《そっこう》で否定した。

「……だそうだが？」

「え？　ガイくんひど！　俺友達だと思ってたのに！」

いや、俺たちが友達だったことはない。せいぜい飯仲間、だ。

「――ステインが、迷惑をかけてすまない。何かやらかしてないか？　こう見えて悪い奴では……」

半ばで、ふと気づいたかのように眉《まゆ》を顰《ひそ》めたデレク様が言葉を切った。咳払《せきばら》いする。

「あー……、かわりに詫《わ》びる」

悪い奴か。悪い奴なんだなステイン。

「ええーっ。そこは悪い奴じゃないって断言してくださいよ！　擁護《ようご》！　俺のガイくんへの心証が！」

「いえ！　俺なんかに謝る必要はありませんので、はい！」

俺は畏《かしこ》まった。

「デレク様とガイくん、俺を無視してないですかー？」

「とりあえず……君が良ければ相席して構わないか？」

「どうぞ！」

「おーい……」

空《あ》いていた椅子《いす》に座ると、デレク様は妙《みょう》に慣れた様子で給仕《きゅうじ》の少女に料理を注文した。少女の顔がキラキラ輝《かがや》く。見よ、この笑顔！　……俺とステインには向けられなかったものである。顔面差別だな、差別。

それにしても――服装から何から、様になっている。もちろんデレク様が、だ。持って生まれた格好良い顔立ちはどうにもならないのだが、公爵家のご子息――貴族に見えないのだ。まったく違和感《いわかん》なく、デレク様は庶民行き付けの定食屋に溶《と》け込《こ》んでいた。

これってお忍《しの》びってやつか？　公爵家の秘密の類いか？

この定食屋があるのは貴族なんか寄りつかない地区だし、そもそも一般《いっぱん》の王都民は高位貴族であろうと顔なんて知らない。だから誰も公爵子息が来ているなんて思いも寄らないんだろうが――俺がステインといたのはデレク様も想定外だよな？

俺は同席したままでいいのか？　どうなんだ？

――デレク様が注文した料理が届く。店からのおまけです、と少女はもじもじしながら、追加の一皿を机に置いた。……店からじゃなくて、明らかに少女からの自腹だな、自腹。

「嬉しいよ。ありがとう」

デレク様が笑顔を返す。

「ごゆっくりどうぞ！」

真っ赤になった少女が飛《と》び跳《は》ねそうな勢いで厨房《ちゅうぼう》に戻った。ステインが白けた声を出す。

「あーあ。デレク様の外面《そとづら》に騙《だま》され毒牙《どくが》にかかった計算高い少女がまた一人……」

計算高い……そこはいたいけって言ってやれよ。

「断《ことわ》れと？　空気を悪くするだけだ。この顔が役立つなら有効利用したほうが良い」

少女へ返した笑顔をとっくに消していたデレク様が、食事の前の天空神への祈《いの》りの言葉を口にし、料理を食べ始めた。下品ではないが、食べ方も平民式だ。

ところで、デレク様、俺の素性《すじょう》について一切《いっさい》訊《き》かないのな！

俺はある答えに行き着き、ステインを見た。もしや……。

公爵家ともなれば、影武者《かげむしゃ》がいるかもしれないじゃないか。

デレク様によく似た別人か？

「何だ……。影武者だったのか。ステイン。そういうことは早く言えよ」

「デレク様本人だけど？」

馬鹿な。

「……本人ですまない」

公爵子息に謝られてしまったぞ！

「本人なのに影武者とは……。ガイくん最高！　デレク様の食べっぷりがいけてないからですよ」

不機嫌《ふきげん》そうにデレク様が答えた。

「……不味《まず》いものを食う羽目になって腹が減ってるんだ。入っていたのは自白薬か、幻覚《げんかく》薬《やく》あたりか？　あれなら毒入りのほうが味は良い」

「そりゃ毒入りはすぐにぺって吐き出されたりしないように味を改良するもんですし」

「薬品入りもどうせ人に食わせるならもっと改良すべきだ。努力が足りない」

そんな努力いらないですデレク様。つーか、二人の会話が怖《こえ》ええええ！

どこで何を食ってきたんだよデレク様！

俺はがっと杯を摑み、飲みかけの炭酸水を一気に飲み干した。

炭酸水は、店内に設置してある大樽《おおだる》の蛇口《じゃぐち》をひねると出てくる仕組みになっている。客が自由に何杯《ばい》でも飲んでいい。

「俺、炭酸水を注《つ》いできます」

席を立とうとした。が！

「あ、俺が行ってくるよ、全員分！」

おいいいいいい！　しかし、無情にも杯を持ってステインは行ってしまった。公爵子息と平兵士が残されてどうしろと。顔は知ってたけど初対面だぞ。デレク様にいたっては俺の存在すら知らなかったはずだ。

……沈黙《ちんもく》がいたたまれない。意を決して俺は口を開いた。

「その、デレク様。ここでお会いしたことは俺、墓場まで持っていきますので……」

「――ステインの連れなら、おれにとって害はない。愚《おろ》かな人間でもない。自分でも不本意だが、その点だけは信用している。君に何かする気はない。安心していい」

元凶《げんきょう》のステインを、ほんの少しばかり俺は見直した。

「むしろ引っ掛かるのは、何故おれと君を会わせたかだな」

黒パンをちぎったデレク様が、それを無造作《むぞうさ》に口の中へ放り込む。

「心当たりは？」

心当たり……。俺はごくごく普通の平兵士だ。デレク様に披露《ひろう》できるような特技もない。となると。

「……ステインに、割と本気で友達だと思われているから、でしょうか……？」

これぐらいだな。俺の敵が美形でなければ助けてくれる気はあるらしいしな。……敵に回るのも本気だと思うが。

「そうか……」

何故か深い同情が、デレク様の茶色い瞳《ひとみ》に宿った。「お前、大変だな」みたいな！

何なんですかその反応は！

あ、目が逸《そ》らされたっ？

「ただいま戻りましたー。炭酸水のご到着《とうちゃく》！」

炭酸水の注がれた杯を三つ持ったステインが、席に座ってきた。

……休日を満喫《まんきつ》してきたはずなのに、疲れているのは何故だろうか。デレク様と会ったせいだな。そうだな、主《おも》にステインのせいだな。

しかし、怖い会話をしていたが、デレク様が元気そうだったのはわかった。定食屋には、ただ飯を食いに来ただけのように見えたが……。

城門近くで夕空を見上げると、レヴ鳥が悠然《ゆうぜん》と翼《つばさ》を広げ飛んでいった。

今回は、靴《くつ》に糞《ふん》を落とされなかった。

そのかわり、一枚の黒い羽根がヒラリと落ちた。

拾い上げ、俺は羽根と睨《にら》めっこした。

「…………」

……レヴ鳥の知らせか？

そんな一抹《いちまつ》の不安を抱《かか》え、兵舎に戻った俺を待っていたのは班長だった。

俺のようなまだ所属の決まっていない新人兵士を取りまとめている。

ちなみに、強面《こわもて》の班長には貧乏《びんぼう》貴族《きぞく》の三男で文官の恋人がいる。幼馴染《おさななじみ》同士で長年じれじれした挙げ句に両想《りょうおも》いになったとか。

料理上手で笑顔が可愛《かわい》いだの先輩兵士たちが話していた。

しかし、俺はその話を聞き、『彼女さんですか。いいですね！』と心からの感想を言い放ち、場をシーンとさせた前科を持っている。あのときは班長も苦笑いだったな……。微《び》妙《みょう》な思い出だ。

「戻ったか、ガイ。休日はどうだった？」

「は！　満喫しました」

「何よりだ。お前に連絡《れんらく》しておくことがある。明日の勤務内容が変更《へんこう》になった」

「変更でありますか」

巡回場所《じゅんかいばしょ》か？　それとも訓練が増えるのか？

「セリウス殿下とオクタヴィア殿下が、城下の視察に行かれる」

「両殿下が……？」

セリウス殿下とオクタヴィア殿下が？　よりにもよってこの時期に？

お二人で出掛ける……なんて、これまでなかったよな？

何がどうなったらそんなことになるんだ？

「オクタヴィア殿下の視察予定は元からあったものだ。殿下は公務を再開したがっていてな。それを聞いたセリウス殿下が便宜《べんぎ》をはかることになった」

「それで……ご一緒に視察を……？」

班長が頷《うなず》いた。

「オクタヴィア殿下の身の安全のため、セリウス殿下が自ら、特別に警護する人員を厳選したそうだ」

当然、セリウス殿下派の騎士や兵士で固めたんだろうな。

「……しかし、オクタヴィア殿下から要望があってな」

あ、嫌な予感がするぞ。

「セリウス殿下が厳選した人員は知らない者ばかりなので、自分の知る兵士も明日の警護に加えて欲しいと」

ますます、嫌な予感がするぞ。

「オクタヴィア殿下が上げた名前の中に、ガイ・ペウツがあった。お前は新人だ。不安視する声もあがったが、セリウス殿下が承認《しょうにん》された」

気絶したくなった。

「よって、ガイ。両殿下の城下町視察の警護を任じる。心して当たれ」

「は……！」

しかし、俺は王城の兵士。

返事は一択《いったく》、かつ機敏《きびん》に。これしかないのである。

59

早起きして、視察前の衣装替《いしょうが》え！　幸い、昨夜は、変な……自分を疑いたくなるような悪趣味《あくしゅみ》な夢は見なかった。いや、本当にあれはクソ忌々《いまいま》しい記憶《きおく》を夢に見るのとは別ベクトルで悪夢だった……。起きたときに泣いていたのも悪夢のせい——そう考えて、何故《なぜ》か違和感《いわかん》が生まれた。うーん……？

「どうぞ、殿下《でんか》」

言い、サーシャが装飾盆《そうしょくぼん》に置いた髪飾《かみかざ》りを私の前に差し出した。

ティアラと一緒《いっしょ》に髪を飾る生花をはじめて目にする。

最初はリーシュランをって単純に考えていたんだけど、城下への視察っていうことを鑑《かんが》みて、季節に合っていて城下で親しまれている花をってサーシャにリクエストしてみたんだよね。——だから、いまこのときまで何の生花の髪飾りになるのか知らなかった。

『桜……？』

久しぶりに、日本語が口から漏《も》れ出た。

サーシャが用意してくれたのは、薄紅色《うすべにいろ》の花で作った髪飾りだった。桜にそっくりな、この世界では、カルラムと呼ばれる木に咲《さ》く花。違《ちが》いは、咲く季節。カルラムは秋に咲く。

そして咲いている期間と、花びらの形。カルラムはだいたい三十日ぐらい咲いていて、花びらの先端で割れている箇所《かしょ》が二つある。

「殿下……？」

サーシャが不安げな声を出す。おっと、失敗、反応をミスってしまった。

「カルラムね。素敵《すてき》だわ」

そう。実際、素敵。でも、ほんの数日前の私だったら、もっと動揺《どうよう》していたかもしれない。カルラムには、個人的な思い入れというか……八つ当たり的な感情を持っていたというか……。黒歴史。

カルラムが満開のときって、カルラムだけを見ていれば、日本にいるみたいな気分になれたんだ。目を閉じて、開けば、そこは──って。

子どもの頃《ころ》に、恥《は》ずかしながら、実は何回かやった！

でも、当然、目を開けて、そこにあるのはカルラムで桜ではなくて、自分の姿はオクタヴィアで、余計虚《むな》しさが募《つの》った。ものすごーくがっかりした。

だからまあ、カルラムが咲く季節は極力視界に入らないように心がけるようになった。

幸い、王城にはカルラムの木は植えられていない。あるのは……私が知っているのは城下のカルラム並木と、ナイトフェロー公爵家《こうしゃくけ》──おじ様の家！

「このカルラムには視察が始まってから活躍《かつやく》してもらうわね」

王女の視察公式行事って、毎回、城下に到着後《とうちゃくご》、開始前に王都民の一人から花束をもらうことになっているんだよね。この花束、実は城側で用意していて、それを民《たみ》から王女へ渡《わた》してもらうっていうやらせパフォーマンス。

今回は、せっかく生花の髪飾りを着けるんだから、これを花束の代わりにすることにした次第《しだい》！

カルラムの花飾りを、民の一人に髪に挿《さ》してもらおう！

「では、馬車まで私がお運びします」

装飾盆を持ったサーシャが優雅《ゆうが》に一礼する。

「お願い」

じゃあ、あとは兄が待っている城門前に集合！

そこから馬車に乗っていざ城下だ！

最後に姿見で身だしなみをチェックして衣装部屋《いしょうべや》を出よう。

——と、部屋の扉《とびら》が叩《たた》かれた。マチルダが向かい、隙間《すきま》から見えたのはヒューだ。現在、衣装部屋は男子禁制なのです！

短いヒューとのやり取りを終えたマチルダが私を振《ふ》り向《む》いた。

「殿下。本日、殿下のご要望で警護に当たる者たちをロバーツ様が連れて参りました」

「まあ、そうなの？　待っていたわ」

ガイとエレイル。私がリクエストした二人。せっかくだから、出発する前に顔合わせぐらいしたいってヒューに強く、強ーく、要望した甲斐《かい》があった！　やっぱり兄の許可が必要だったけど、下りたみたい？

「どうぞ、入って」

「――失礼いたします」

まず入ってきたのはヒュー。護衛《ごえい》の騎士《きし》としての完璧《かんぺき》なる制服姿。ただ……兄に下賜《かし》された飾《かざ》り房《ふさ》を剣《けん》につけていない。あの短くなっていたやつ。

「ヒュー。あなたの金糸の飾り房は？」

いま、ヒューが装備している剣についているのは、汎用《はんよう》の飾り房。

「本日、私はオクタヴィア殿下の護衛の騎士として城外に出ます。金糸の飾り房は、セリウス殿下を示すものですので」

そ、そこまでしなくとも。だって原作での飾り房エピソード、私知ってるからね？　あ、もしかして。

「兄上に命令されたの？」

「いえ」

空振《からぶ》りだった。……この前言っちゃったことが効きすぎてるとか？

「金糸の飾り房に付《つ》け替《か》えても構わないのよ？」

「お心遣《こころづか》い感謝いたします。ですが、お気になさらず。……私なりの、けじめです」

当人がここまで言う以上、無理矢理金糸の飾り房に戻《もど》させるわけにもいかない。

「………」

私が黙《だま》ったのを見計らって、ヒューが扉のほうへ合図した。

ガイ・ペウツ。さらに、エレイル・バーンが入室する。

二人とも兵士なんだけど、護衛の騎士に準じた制服を着用してもらっている。実際、今日はヒューと一緒に私の身辺警護に当たってもらう予定。

ガイは――ガッチガッチに緊張《きんちょう》しているのがわかる！　最初についこっちをじっと見て、はっと視線を逸《そ》らすとことか。……普通《ふつう》っぽい。わかる、わかるって握手《あくしゅ》したい気持ちになった。親近感！　私だって中身は元女子高生。本来は、ガイ……ううん、ガイくん寄りなんだよ！　何だろう、つい、ガイくんって呼びたい気持ちが！　いや、ガイは年上だよね？　くん呼びなんて失礼……！　でも、心の中では良《い》いかな……。

「ガイ・ペウツ。わたくしの警護を引き受けてくれてありがとう。今日はお願いね。アレクの信頼《しんらい》するあなたがいれば心強いわ」

主《おも》に私の精神的な味方としてよろしくお願いします！

「め、滅相《めっそう》もありません！　全身全霊《ぜんしんぜんれい》をかけて任務に当たらせていただきます！」

私は親近感を抱《いだ》きまくっているのに、ガイの緊張は増している模様。

王女の警護って、やっぱり重荷なのかな……。だよね……。おまけに急だったし。でもごめん、あなたを外すことは考えられない……！

罪悪感を振り切って、次に私はエレイルに声をかけた。

「エレイル・バーン。あなたもありがとう。先日の、鍛錬場《たんれんじょう》でのことを覚えているかしら？」

「は……！」

エレイルは、目の下にクマができていた。せっかく金髪碧眼《きんぱつへきがん》の美形なのに。でもルストとは似ていないんだよね。

「兄君はお元気？」

ルスト情報、プリーズ！

ピシリと一瞬《いっしゅん》固まったエレイルが、目を泳がせまくった上で答えた。

「あ、兄は……近いうちに、またお会いしましょう、とのことでした」

ふーむ。ルストはエレイルに伝言を頼《たの》んでいたのか……。近いうち、また……。それっていつ？　いつなの？　今日とか？　違う？

でも、エレイルにこの場でこれ以上突《つ》っ込《こ》むと怪《あや》しくなるよね。

「そう。わかったわ」

私はにっこりと笑った。渾身《こんしん》の王女スマイル！

なのに、ガイくんもエレイルもビクっとした。……納得《なっとく》いかない！

「エレイル。あなたにも期待しているわ」

主にルスト情報って観点から！

「殿下、そろそろ……」

マチルダが控《ひか》えめに口を開いた。

「視察に遅《おく》れてしまうわね」

集合時間は守らないと！

廊下《ろうか》に出ると、ちょうど、向こうから見知った顔ぶれが歩いてきた。

「シル様！」

シル様とその監視役《かんしやく》に就任したネイサンだった。誰《だれ》に監視させるか、兄もかなり悩《なや》んだみたい。本来だったらヒュー一択《いったく》だったんだろうけど、私の護衛中だし、今回はネイサンたっての希望もあってシル様の監視役になったそう。

「オクタヴィア様」

足早に駆《か》け寄《よ》ってきたシル様が微笑《ほほえ》む。

「良かった。間に合って。視察に行かれる前に、オクタヴィア様に会いたくて……」

「大げさですわ」

ガイやエレイルから驚愕《きょうがく》の視線を感じるけどスルー！　私とシル様がにこやかに話し

ているとそんなにおかしいのか……。

「わたくしより兄上の心配をするべきでは？」

「……セリウスとは先に話をしましたから」

どことなく、顔が曇《くも》っている。

「喧嘩《けんか》でもなさいました？」

「喧嘩というより……意見の、絶対的な相違《そうい》ですね」

はー、とシル様が息を吐《は》く。

あいつ本当に何なんだよ、っていう風なワイルドな雰囲気《ふんいき》をシル様が醸《かも》し出《だ》した。凜々《りり》しい。でも、原作でも振り切れるとセリウスに対して時たまこんな感じ。

「オクタヴィア様」

真剣《しんけん》な面持《おもも》ちで、突如《とつじょ》シル様が私を真っ正面から見つめた。

「おれはセリウスを愛しています」

うん？　私に告白されても……。兄に言えば死にそうなぐらいきっと喜ぶ。

「存じておりますが」

「でも、愛しているからって、全肯定《ぜんこうてい》なんてできません。セリウスだって間違《まちが》えるし、もちろんおれもそうかもしれません。だから……」

シル様を見上げる。忘れがちだけど、やっぱり私よりは背が高い。

「自分が正しいと思われることを、オクタヴィア様は貫《つらぬ》いてください」

私の味方をする、とも取れる発言。兄の耳に入れば……っていうか、確実になるよね！

というか、こんな場所で言うってことは、わざとなんだ。

今回のクリフォードへの濡《ぬ》れ衣《ぎぬ》の件について言っているんだろうけど……お世継《よっ》ぎ問題に関しても示唆《しさ》されているような気がした。

「視察の成功を祈《いの》っています」

シル様は、ただの視察ではないことを知っているし、さっきの言葉もあるから——クリフォードの無実が証明されて真犯人が捕《つか》まりますようにってことだね！　了解《りょうかい》です、シル様！

「ええ。必ず成功させますわ」

私はシル様と微笑み合った。


——王城、城門。

六頭立ての馬車の前で、兄が私を待っていた。日の光をバックに、イケメンぶりが眩《まぶ》しくて悔《くや》しい。白を基調としているのは変わらないけど、衣服も視察仕様の豪華版《ごうかばん》。ただ、しいて言えば、軍服っぽいデザイン。剣も装備している。

一応、公務を再開したい妹を危険から守るために同行するっていう体《てい》だからかな。

そして、そんな兄から少し離《はな》れ、馬車の周囲には、兄の護衛の騎士たちが控えている。

その中に、クリフォードの姿があった。私と目が合ったクリフォードがすっと微《かす》かに頭《こうべ》を垂《た》れた。

護衛の騎士の制服姿で——金糸の飾り房を剣につけている。兄の護衛の騎士として、視察に参加しているから。

ヒュー同様、役割を演じるための小道具、だよね。

でも、それは今日だけ。

ゆっくりと、兄の待つ馬車の前まで歩みを進める。

私は黒扇《こくせん》をバサリと開いた。

「ごきげんよう、兄上。本日の装《よそお》い、とても素敵ですわね」

間近で見ると、そんな場合じゃないのに兄のイケメンぶりに圧倒《あっとう》されそうになる。

「今日は私を、お前を守る騎士の一人だと思って欲しい。主役はお前だ」

「まあ……。主役にふさわしい装いができていれば良いのですが。どうでしょう?」

お伺《うかが》いを立ててみる。

もちろん謙遜《けんそん》! みんなが頑張《がんば》って化粧《けしょう》から着付けから仕上げてくれたんだから、完璧ですよ! 自信ある!

兄が思いがけないことを訊《き》かれた、みたいに瞬《まばた》きした。長い睫毛《まつげ》がバシバシ動く。んで、まじまじと私を見つめた。

「…………」

数秒ほど経過する。そ、そんなに考え込まなくても。

「よく――」

よく？

「よく、似合っている。……色も、お前にはそういった色のほうが似合うと思う」

や、真面目に褒《ほ》められた！　ちょっと照れる。しかもこっちを見たまま言うし！

「……兄上も気に入られたようで嬉《うれ》しいですわ」

私は照《て》れ隠《かく》しに黒扇を持ち上げた。

兄との間に、ちょっとの沈黙《ちんもく》が落ちる。

お互《たが》いに出方を窺《うかが》ってる感じ？

「オクタヴィア」

でも、先に動いたのは兄のほうだった。

「――手を」

私へと、手を差し出した。

馬車へのエスコートだ。兄の大きな手へと、視線を落とす。

その途端《とたん》、身体《からだ》全体に武者震《むしゃぶる》いのようなものが走った。

だって、この手を取ったら、その瞬間《しゅんかん》からが、始まりなんだ。

準舞踏会《じゅんぶとうかい》のときとは違う。今回、私はちゃんと、私の意志で、曲者《くせもの》を捕《つか》まえるための囮《おとり》になる。でも、本当の目的は別にある。

私にとっては、クリフォードの濡れ衣を晴らすための、戦い。

——兄は、曲者を捕まえるって意味では同じ目的を持った味方だけど、クリフォードのことに関してはそうじゃない。敵も同然。

心して、かからなきゃ。

視線を上げ、覚悟《かくご》を込めて、兄の整った顔を見る。兄は無言で私を見返した。でも、水色の瞳《ひとみ》に宿る気迫《きはく》から、依然《いぜん》として向こうはクリフォードが犯人だと思っているんだって伝わってきた。

黒扇を閉じて、手袋《てぶくろ》を着けた左手に軸《じく》を持ち替える。一応日ごとに改善されてはいるものの、左手は動かすとどうしても痛みが多少は生じる。

それを笑顔《えがお》で押し隠して、私は差し出された兄の手に自分の右手を重ねた。

「兄妹《きょうだい》で視察なんて、はじめてのことですもの。楽しみですわ」

預けた右手を、兄が軽く握《にぎ》る。

「同じだ。今日という日を心待ちにしていた」

「わたくし、絶対に、良い日にするつもりです」

クリフォードの無実は証明してみせる！

私の言いたいことは、伝わったはず。

「――ああ」

兄が、挑戦的《ちょうせんてき》な色を面《おもて》に覗《のぞ》かせた。

「私も、そうするつもりだ」

互いに、良い日、の意味はきっと違うけどね？

でも、そんな会話を交《か》わしている間も、兄のエスコートは非の打ち所がない。

二人で、馬車に乗り込む。

準備が整い――やがて、号令の声がかかった。

「出発！」

王家のものであると一目瞭然《いちもくりょうぜん》の六頭立ての馬車は、そうして城下へと走り出した。

私と兄という囮を乗せて。

『オンガルヌの使者』が見る世界・6

くだらない夢を見ている自覚がある。

何故《なぜ》、時折過去の夢を見るのか、不思議でならない。何がどう動くか、すべて覚えている。何も変わらないことを。特に、変えようとも思わないが。

投げ捨てられた湖から、縄を解いて這《は》い上《あ》がり、地上に辿《たど》り着《つ》いて、岸辺で手を踏《ふ》まれる。

その足に短剣《たんけん》を突《つ》き刺《さ》し——全員を殺す。

何の苦もない。受け入れてしまえば、やり方は、呼吸でもするかのようにわかっていたからだ。

そして、事実と寸分違《すんぶんたが》うことなく、幼い己《おのれ》が生き残った。

特に思うことはない。

『クリフォード……?』

しかし、あり得るはずのない変化が、起こった。

夢に、異物?

『誰《だれ》だ』

それは、己にもだった。

ただ見ているだけだったはずの自分を、動かしている。

そして、声の主を見つけた。

オクタヴィア。自分が『主《しゅ》』とした少女が。

「殿下《でんか》？」

呼びかけると同時に、情景が変化した。暗闇《くらやみ》に閉ざされる。夢から、覚めるのか。しかし、じっとしていても意識が覚醒《かくせい》する気配はない。

かわりに、情景が変転した。無意識に剣《けん》に手をかける。

「…………」

拍子《ひょうし》抜《ぬ》けするほど危険は感じられない。

クリフォードは剣から手を離《はな》した。

今まで見たこともない光景が広がっている。似た木を見たことはあるが――違う品種だろう、薄《うす》い紅色をした花びらが舞《ま》っている中、それらの木の下で大勢の人間が騒《さわ》いでいる。だが、鮮明《せんめい》なのは、限られた人数だけだった。

四人の人間。家族、なのだろう。顔立ちに血の繋《つな》がりを感じさせる。全員が、黒い髪《かみ》に黒い目をしているが、服装は奇妙《きみょう》だ。しかし合理的な格好ではある。

成人した男女が二人と、その子どもだろう姉妹《しまい》が二人。

『いまどき家族でお花見ってさー』
十五、六歳ほどの少女が地面に敷いた青い布の上に座ってぼやく。布には器《うつわ》に入った彩《いろど》り豊かな料理が並べられている。ただし、豪華《ごうか》さは感じられない。
『麻紀《まき》ちゃん。お父さんは楽しみにしてるからね』

姉らしき少女のほうが妹を諭《さと》している。

『まーきー！　こっちにおいでー！』

『うわ！　酔《よ》っ払《ぱら》い！　臭《くさ》い！　お父さん、こっち来ないで！』

父親らしき男を嫌《いや》がりながら、クリフォードの目には少女は楽しげに見える。嫌がりながらも、父親を嫌《きら》っているわけではないのだ。

しかし――これが、自分の夢？

彼らの言語も、耳にしたことのない響《ひび》きのものだというのに、何故話している内容がわかる？　いや――響きでいえば、ふと思い出す。第二王子が出立する際、オクタヴィアと二人で唱えていた文句を想起させる、か？

「…………」

家族に近づいても、彼らがクリフォードを認識《にんしき》している様子はない。

しばらく観察していて気づいたのは、顔立ちはまったく異なるのに、マキと呼ばれた少女が――どことなくオクタヴィアに似ているということだ。

ふとした仕草や、年相応の表情をするときのオクタヴィアのそれに。

だが、まったく一緒《いっしょ》ではない。少女のほうは、オクタヴィアと比べ屈託《くったく》がなさすぎる。

それに――相手が少女の家族だからなのだろうか？

少女は父親や姉に一線を引いていない。

『お母さん！　ちょっとお父さんどうにかしてよ！』

もちろん、母親に対しても。感情のままに振《ふ》る舞《ま》い、甘えている。

奇妙な点は多すぎる。場所も、この舞っている花びらの元となる木も、遠くに見える建物や、物質。根本的に異なる文明から発展した文化のように見える。

しかし、おそらくは、クリフォードが暮らす世界にも存在しているだろう光景でもあった。

家族の、彼らにとってはありふれたとある幸せな光景。

自分とは相容《あいい》れないもの。

夢なのは、間違《まちが》いない。しかし、これが――自分の夢のはずがなかった。

可能性として考えられることは一つ。

「『徴《しるし》』、か……？」

言葉は発せられたが、自分の存在が感知された様子はない。

『徴』による、繋がりのせいだ。繋がりの深い『主』『従《じゅう》』が『徴』を強化した際に、まれに起こり得《う》る。意識が繋がるのだ。同時に繋がることも、時間差で繋がることがあるともいわれている。真偽《しんぎ》は不明だが、望むと望まざるとにかかわらず、時には、見せたくないものを互《たが》いにさらけ出すことになる。

ゆえに、単に『主』『従』になっただけでは、決して起こり得ない。たとえ『徴』を……『主』の護《まも》りを『従』が強化したとしても。

何故自分たちの間に起こったのか理解できない。

起こる可能性を念頭《ねんとう》に入れることすら無駄《むだ》に感じるほどの事象のはずなのだから。

しかし、自分の夢に現れたオクタヴィアは、本人だろう。

ならば、この夢は……？

オクタヴィアの？

オクタヴィアが存在しないというのに？

『わたし、友達のところへ行ってくるから！』

怒《おこ》った少女が、家族の元から離れた。途端《とたん》、唯一《ゆいいつ》鮮明だった彼らの像が、薄れ出す。

駆《か》け出していった少女が戻《もど》ったときには、家族の姿はどこにもない。

空《から》っぽになった木の下に、上から花びらが降り注ぐだけだ。

『冗談《じょうだん》でしょ。お父さん、お母さん、お姉ちゃん、どこ……？』

「…………」

一歩、少女へ近づく。ただの、衝動《しょうどう》だった。

すると、情景が切《き》り替《か》わった。

マキと呼ばれていた黒髪の少女は、幼くなっていた。その姿に、残像のようにオクタヴィアの姿が混じり、溶《と》け合《あ》っている。

少女の前には、先ほどの木と、よく似た木が立っていた。

『桜にそっくりなのに……見つけて嬉《うれ》しかったのになあ』

満開の花を咲《さ》かせた木を一心に見上げて、少女が呟《つぶや》く。

ぎゅっと目を閉じた少女が、強く拳《こぶし》を握《にぎ》った。

願い事をするかのように、長い時間が経《た》ってから、目を開ける。

『…………』

少女の握りこぶしから、力が抜けた。

『目を開けたら、ぜんぶ夢でした、なんて、ないよね』

呆然《ぼうぜん》と、少女は立《た》ち尽《つ》くしていた。

『なんでこんなにそっくりなんだろ……。期待しちゃったよ』

諦《あきら》めと共に、少女の姿が揺《ゆ》らぐ。ぶれていた二つの姿が、一つになった。黒髪の少女の姿が――幼いオクタヴィアの、自分の主の姿へ完全に溶け合った。

やはり、これは、紛《まぎ》れもなく、オクタヴィアの夢だ。『従』である自分が、『主』へと繋がった。

『会いたいなあ……』

呟いたオクタヴィアの姿が、ゆっくりと薄れ出す。

もうすぐ、夢が覚めるのだろう。

クリフォードは幼いオクタヴィアの側で膝《ひざ》をついた。

「――殿下。我が『主』」

薄い水色の瞳《ひとみ》が、クリフォードを捉《とら》える。

「泣くのを堪《こら》える必要はありません。これは夢です」

「ゆめ……」

自分が過去を夢に見るように、これはオクタヴィアの過去なのだろう。

過去、同じ場面で、おそらくオクタヴィアは泣くことはしなかった。

「夢の中でも、命令は有効です」

泣いても、隠《かく》せばいい。――オクタヴィア自身からも。この夢を、オクタヴィアが忘れてしまえばいいのだから。

「クリフォード……」

オクタヴィアの瞳から、涙《なみだ》がこぼれ落ちた。

　薄暗《うすぐら》い牢《ろう》の中で、覚醒する。夢の中での動作を現実でも真似《まね》ていたのか、腕《うで》を上げている。

「…………」

　オクタヴィアの涙を拭《ぬぐ》おうとした動作だ。

　しかし、すぐにクリフォードは意識を切り替えた。

　人の気配が近づいてきた。横たわったまま、そちらに視線を向ける。

　護衛《ごえい》の騎士《きし》を伴《ともな》った、この国の第一王子だ。

「出ろ、クリフォード・アルダトーン」

了

オクタヴィアのもう一つの視察準備　～もし何事もなくクリフォードが護衛《ごえい》の騎士《きし》として任務についていたら～

右手に持った『黒扇《こくせん》』を広げる。

最終候補は三つ。私は女官長のマチルダと侍女《じじょ》のサーシャが、比較《ひかく》しやすいように人形に着せてセッティングしてくれたドレスを見つめた。

一着目、青色の落ち着いたトーンのドレス。私の普段着用《ふだんぎ》ドレスとはちょっと毛色が違《ちが》うデザインで、スカート部分にはグラデーションがかかっている。

二着目は、明るめのクリーム色が主で、袖《そで》部分にケープのある、ふわっとしたドレス。

三着目は、普段着用ドレスの進化版？　着慣れているものと似通ったデザインだけど、それを上品に仕上げた薄紅色《うすべにいろ》のドレス。

以上の三着なんだけど――私はまだ決定を下せずにいた。

こうなったら、困ったときの、どれにしようかな、で行っちゃう？

……ううん、せっかく視察に向けてのドレス選びが予定通りにできているんだもん。

この機会は大切に！　ちゃんと自分で決めるべき！

――ここ数日のことを思い出す。

準舞踏会《じゅんぶとうかい》中に起こったことが原因で、王城に帰った後、実質自室に軟禁状態《なんきんじょうたい》になったり、主に本人の強い希望で、シル様も取り調べの対象になったり——、他にもいろいろと事件の収拾《しゅうしゅう》は続いている。

ただ、私に課せられていた、部屋から出てはいけません！　という状態は脱《だっ》した！

今回、事件の調査を任されているのは兄。だから私の交渉《こうしょう》相手も兄だった。

『わたくしにはコロコロ代わらなくなった信頼《しんらい》と実力の護衛の騎士がいますもの』という方向性でごり押し！　クリフォードが側にいるから外出しても大丈夫《だいじょうぶ》！　これ！

準舞踏会のことがあるから、たとえ城内でも危険がある、というのが兄の主張。わかる。

でも、私の身の安全は既《すで》に確保されている！　これが私の反論なのです！

……まあ、クリフォードの実力に全振《ふ》りした内容だったせいで、「では、アルダートンの実力を見せてもらおうか」なんて展開にはなった。

兄の護衛の騎士とクリフォードが対戦試合をすることに！

その上、兄の護衛の騎士の中でも一目置かれているヒュー・ロバーツが対戦相手として自分から名乗り出たのは意外だった。そして、アクシデント——ヒューが剣《けん》につけていた金色の飾《かざ》り房《ふさ》がぶつ切りになったりと——はあったものの、クリフォードが勝利した。

ただ、『空の間』の戦闘《せんとう》を目にしていたからこその感想だけど、たぶんクリフォードは実力の一端《いったん》しか見せていなかったし、対するヒューも自分から名乗り出た割には様子見みたいな？　全然聞こえなかったけど、試合中に会話していたっぽいのも気になった。

――とにかく、以降は、城内の移動に関しては解禁されている。軟禁状態も解除。通常スケジュールに戻《もど》ったともいう。自由時間にこっそりシル様に会いにいったり、書庫で調べ物をしたり――。もちろん、偽《にせ》の恋人《こいびと》役探しも！　……全然、まだ進展ないけど。

本日の午後は、視察用ドレスの最終決定を行うのに当てられている。

一カ月前に決めておいた候補の三着から当日のドレスを決める。さらに、視察前日に、決定したドレスや装身具一式を改めて着てみて本当にラストの調整へ、という流れ。

もしまだ軟禁生活が続いていたら、前日に全部が詰《つ》め込まれていたかもしれない。

今度は『黒扇』を閉じて、改めて三着のドレスを眺《なが》める。

マチルダとサーシャはクリーム色のドレス推《お》しらしいんだよね。二人だけじゃなく、さっきまで手伝ってくれていた他の侍女のみんなもそうっぽかった。多数決は正義……。

――と、閃《ひらめ》いた！

準舞踏会用のドレスを決めるときは、クリフォードの意見を訊《き》いたんだった！

衣装室《いしょうしつ》の扉《とびら》を見る。この扉を隔《へだ》てた廊下《ろうか》側に、クリフォードは控《ひか》えている。

一度あることは、二度あっても良い！

「マチルダ。クリフォードを呼んでちょうだい」

難色を示されるかとも思ったけど、前回のことがあるからか、

「承知いたしました」

と微笑《ほほえ》んでマチルダが頷《うなず》いた。視線をチラリとサーシャに向ける。

「では、お呼びして参ります」

それだけでサーシャが身体《からだ》を翻《ひるがえ》した。

……ここ何日かで、マチルダとサーシャの連携度《れんけいど》、上がってる？


「お呼びとお聞きしました」

「ええ。あなたに――」

意見を訊きたくて、と続けようとしていた言葉は喉《のど》の奥に消えた。

閃き第二弾《だん》！

護衛の騎士だと一目で判別でき、濃紺《のうこん》の制服を着用しているクリフォードのお馴染《なじ》みの姿を目にしたとき、ふと思いついた。

視察に合わせて、対外的に私の護衛の騎士としてのクリフォードの地位を強化しても良いのでは？

王族の護衛の騎士。ステータスといえば、ステータス。ただ、私の護衛の騎士の場合、主《おも》にこれまでの期間的な意味でその辺がイマイチだったっていうか……。組織という枠組《わくぐ》みで働くのに、短期間しかいないと、頼《たよ》りづらい？　コロコロ代わることを前提とした運用になっていたのが響《ひび》いている、みたいな？

兄との交渉時、感じたんだよね。周囲からの見方が、たとえば兄の護衛の騎士と比べると、ちょっと？　いや、私もどうせすぐ交代《こうたい》しちゃうんだろうしっていう目で見ていたし。

う。そう考えるとほぼ私のせいだった。

これまでの私の、護衛の騎士との経緯《けいい》がクリフォードに悪影響《あくえいきょう》を及《およ》ぼしている。

でも、これを機に是正《ぜせい》してみよう！　働きやすい環境《かんきょう》を作るのは私の役目！

いままでやらなかった――というか、できなかったことをしてみるのは？

最近、クリフォードが私の護衛の騎士だって認知《にんち》された公《おおやけ》の場としては、準舞踏会があげられる。でも、出席者が限られていたし、あれだけじゃあ弱い。

その意味では、視察って絶好の機会でしょう！

そのためにも――！

自分でも目が輝《かがや》いたのがわかった。

ふっふっふっ。獲物《えもの》を狙《ねら》うかのように、クリフォードを見定める。私を見返すクリフォードはまだ何も気づいていないに違いない。私は口を開いた。

「クリフォード、わたくしが視察に赴《おもむ》くことは知っているでしょう？」

「承知しております」

「もちろん、当日はあなたがわたくしの護衛任務につくわ」

「は」

ここまでは、普通《ふつう》の流れ。

「であれば——視察の日、あなたもその制服で、というわけにはいかないわよね？」

笑顔《えがお》で主張！

「…………？」

「！」

「まあ！」

その場にいた私以外の三人の反応は見事に二つに分かれた。

クリフォードは怪訝《けげん》そうに。

マチルダとサーシャの顔にはすぐに理解の色が広がった。特に、私は声をあげたサーシャとの一体感を覚えた！

私もすっかり忘れていた事実——護衛の騎士の制服には、普段の勤務用以外にも種類がある！　正装用の制服！

色は黒寄りの濃紺で、勤務用の制服よりもさらに、着る者を選びまくってしまう残酷《ざんこく》さ二倍の制服。ただし、すこぶる格好良い。勤務用も見映《みば》えを加味しているとはいえ、それ以上に装飾《そうしょく》が増えている。

護衛の騎士は式典時なんかに着用することが多い。ただ、勤務用の制服そのままでもOKだし、どちらかというと、ちょっとした場で、あえて護衛の騎士に区別をつけたいときなんかに正装用が登場する。護衛の騎士の中でも、リーダーに、とか。重用《ちょうよう》している人間だと一目でわかるように、とか。

つまり、クリフォードが正装用の制服を着ていれば、私が認める護衛の騎士ですよー！　という大アピールになる！

さすがに通常時には着ない制服なんだけど、視察時ならアリ。制服としての実用性もきちんと兼《か》ね備《そな》えているし、護衛任務にも支障はないはず。

「わたくしの護衛の騎士として、視察の日は正装用の制服を着てもらいたいの」

イケメンを着《き》せ替《か》えたい、なんてことでは断じてない。うん。……や、ちょこっとだけね？

主な動機はクリフォードの地位向上ですから！

そして私は見た。クリフォードの表情が微《かす》かに変化したのを。

めんどう。と顔に出てた！

ちょっとちょっと、クリフォード？

——ならば、こういうときこそ使わせてもらおうじゃありませんか！

「命令よ、クリフォード」

実際、邪念《じゃねん》は否定しないし、思いつきからだけど！　これは必要なこと！

命令になるとまでは思ってもいなかったのか、わずかにクリフォードが目を見開く。

ついで、柔《やわ》らかさのある、苦笑《くしょう》めいたものが口元に浮《う》かんだ。

クリフォードが頭《こうべ》を垂れる。

「——殿下《でんか》の望むままに」


と決まれば、正装用の制服着用バージョンを見なければ……！

試着タイムの到来《とうらい》ですよ！　ただ、準舞踏会のときの着替《きが》えで一悶着《ひともんちゃく》あったように、職務中に護衛の騎士が着替えるのは云々《うんぬん》というやり取りがあった。クリフォードの目が離《はな》れても私が安全だと思える距離《きょり》で——衣装室内で私に代わり、着替えてもらう。

クリフォードがさっきまで控えていた廊下側には、兵士のガイに待機してもらっている。

一時的に扉の警護を頼《たの》めそうな兵士を、ということでお願いしていたんだけど、正装用の制服を取りに行ったサーシャが、偶然《ぐうぜん》行き合ったというガイを捕獲《ほかく》してきてくれた。

ナイスタイミング！　ガッチガチに固まっていても、アレクが伝令役を頼んだぐらいの人物なら扉を任せるのにもバッチリ！

そして、無事クリフォードの試着お披露目会《ひろめかい》が開かれることとなった。

「――終わりました。いかがでしょうか」

正装用の手袋《てぶくろ》は、真っ白。白い手袋を嵌《は》めながら、腰《こし》に剣を帯び、普段より黒色の濃《こ》い制服を身に纏《まと》ったクリフォードが、姿を現す。

見たところ、サイズはピッタリ。ただ、制服の色が黒寄りのせいか、クリフォードの持つ鋭《するど》さがより強く出ている。近寄りがたい格好良さが倍増!

これぞイケメンによるイケメンのための制服……!

――あ、でも。

私はクリフォードに近づいた。

「この位置の釦《ボタン》は、外しているが正しいのですって」

きっちり留《と》まっていた、制服のある部分の釦に手を伸《の》ばす。

当時のデザイナーのこだわり。ここの釦はぜひ外して着こなしてほしい(絶対に絶対にイケメンに限る)! とのこと。『エスフィア制服着こなし全集』に書いてあった!

うーん、『黒扇』を持ったままなのもあって、右手だけだと外れないや。左手も使わないと……。ただ、左手は包帯のせいでちょっと動かしにく――。

「殿下」

上から声が振ってきた。私を見下ろすクリフォードの濃い青い瞳《ひとみ》が近い。

「御手《おて》が」

クリフォードが自分でそうしようと触《ふ》れる寸前に、釦が外れた。

できた！

「これで良《い》いわ」

手を離し、一歩下がってクリフォードを見る。

満足！　これぞ本に書いてあった最高の素材を生かす着こなしそのもの！

きっと当時のデザイナー冥利《みょうり》に尽《つ》きる出来映《できば》え！　間違《まちが》いなく傑作《けっさく》です！

私とは裏腹に、どこか不満そうにクリフォードが息を吐《は》いた。

「このようなことは、私にご指示ください。殿下は御手を怪我《けが》されています」

満足気分から私ははたと我に返った。

「……説明するより、自分でやったほうが早いと思ったのよ」

言い訳が口をついて出る。でも、確かに口頭で伝えてクリフォードにやってもらう、もしくは指さしでここの釦、と言えば良かったんじゃあ……！

——前世の癖《くせ》、かな。

出かける前の身だしなみチェックを頼まれて、つい自分で直しちゃうの。似たシチュエーションだったから、無意識に。

だからか、癖を否定したくない気持ちになった。

「怪我をしていても、釦を外すくらいならできるわ。だいたい、無理はしていないもの」

私はにっこり微笑んだ。嘘《うそ》じゃないしね！

怪我をしていなければ、問題なかったと思うんだよね。クリフォードだって、声を発したのは私が左手を使い出してからだし。

「それに、わたくしの護衛の騎士のことだもの。わたくしが直すのが当然でしょう」

こういう考え方もアリのはず！

着替えを命じたのは私なんだから、出来映えにも責任を持つという意味で！

再度、クリフォードが息を吐いた。濃い青い瞳が私を直視する。

「――ですが、できるだけ私にご指示くださいますようにお願い申し上げます」

「……わかったわ」

これにはちゃんと頷く。クリフォードの言っていることが、わからないわけじゃない。

「殿下。視察当日のアルダートン様のご衣装はこれでよろしいでしょうか？」

マチルダが確認《かくにん》の声を発する。

「そうね……」

今度は粗探《あらさが》しをする気持ちで上から下までクリフォードの姿を観察することにした。

「…………」

沈黙《ちんもく》するしかなかった。

粗が、ない！　正装用の制服を着たクリフォードはオールオッケー！

むしろ、まだ決まっていないのは私のドレス！　こっちは粗探し以前の問題！

ぱっと三着のドレスを順番に見、クリフォードに視線を戻す。

「！」

閃き第三弾。私の中にあった、どのドレスにすべきかの迷いが消えた。


最終決定したドレスを身に着けた私は、姿見に映る自分の姿を見た。

ただ、私単体では完成とは言えない。今回の視察でのポイントは、クリフォードが私の護衛の騎士だって対外的に知らしめること！　なので、主従《しゅじゅう》として合わせることが重要！

私とクリフォードがちぐはぐな感じだと効果が薄《うす》い。

ところが衣装がマッチしているなら？

相乗効果が生まれる！

そういうわけで、私が選んだのは青色の落ち着いたトーンのドレス！　今回候補にした三着の中で、黒色寄りの濃紺の制服に一番合う。それを試着してみた。

「――クリフォード」

「は」

いつものように、護衛時に控えている距離感で、クリフォードが私の近くに立つ。

もちろんクリフォードはまだ正装用の制服姿のまま。

『黒扇』を広げてみて――だいたいの感じを摑《つか》む。

良いんじゃないですか！　自画自賛！　あとは指定されている王女用のティアラ以外の装飾品が決まれば完成っと。いまは一応すべてドレスと同色の系統にして着用している。

「マチルダ、サーシャ。感想を聞かせてくれる？」

クリフォードは当事者だからここはあえて除外するとして、他者の意見をば！

「アルダートン様とお合わせになるなら、そのドレスが相応《ふさわ》しいかと思います」

よし！　深く頷いたマチルダのこの反応、かなりいけている！

サーシャは――。

「殿下。あの！　お二人でそのまま城内を少しだけ歩いてみてはいかがですか？」

勢い込んで出された提案に私は乗った。

ではさっそく――。衣装室を出ると、そこにいるのは当然ガイ。

「ご苦労様。急なことだったでしょうに、今日はありがとう」

「滅相《めっそう》も――！　！！！」

勢いよく振り返ったガイは、私とクリフォードを視界に入れた瞬間《しゅんかん》、硬直《こうちょく》した。

え。この反応……私たちを見て、だよね？　チョイス失敗だった？　まさか、マチルダもサーシャも内輪《うちわ》意識でよいしょしてくれてただけとか？　ガイにも確認しなければ！

「視察用の衣装を合わせてみたの。どうかしら？」

「オ、護衛の騎士殿《どの》と合わせせられたんですね……」

「そうよ。正直な感想を教えてくれる？」

「め」

め？　ガイの表情的に、何かを取《と》り繕《つくろ》ったりする様子はない……。

「女神《めがみ》と使者のようです……！」

……えへへ。これって照れるけど、最上級の褒《ほ》め言葉じゃない？　だって女神様がたとえだよ？　その使者っていうのは、クリフォードが護衛としてバッチリってことでしょう！

「ありがとう」

自信が出てきた！　褒め言葉は素直《すなお》に受け取るべきだよね！

調子に乗って、次の予定に支障が出ない程度に城内を散策することにした。

通りすがりの反応は――ものすごく、いつもより目立ってる？

視線をビシバシと感じる！　私だけじゃなく、もちろんクリフォードにも。やはり正装用の制服効果は抜群《ばつぐん》！　これだけで城内でのクリフォードへの意識が少し変わったかも？

そう思ったら、悪戯心《いたずらごころ》が湧《わ》いてきた。ちょうどある場所に差《さ》し掛《か》かって、私は一旦《いったん》立ち止まった。……うん。ちらほらと人の姿もある、と。

えーっと、昔を思い出して……。埃《ほこり》を被《かぶ》っている記憶を探る。初恋《はつこい》のグレイにはどう言っていたっけ。王女として命令って形にしてたような……？　こんな感じかな。

「クリフォード。慣例に正しく従い、『王女の道』をわたくしと通ることを命じます」

『王女の道』とは！　王女が通るときは、必ず護衛の騎士にエスコートされながら！　という慣例が残る直線廊下。護衛の騎士に片思いをしていたというご先祖様の王女が作ったものなんだけど、廃止《はいし》されずに現在も残る。

由来はともかく、正装用の制服みたいに、信頼していたり、重用《ちょうよう》していると示す効果がある。つまり、いまのクリフォードと歩けば効果倍増。

グレイとは私もよく通りましたとも！　ぶっちゃけ、すぐ脇《わき》にも並び廊下があるので、普段はそっちを使っています！　……私にとって、長らく無用の長物《ちょうぶつ》だった場所。

「御手をどうぞ」

ここを通るとき、王女は護衛の騎士に左手を預けるものと決まっている。クリフォードから差し出された手に、包帯隠《かく》しの手袋を着用済みの左手を預けた。

――二人で『王女の道』を歩く。途端《とたん》、ますます突《つ》き刺《さ》さる視線の数が増えたと感じたのは絶対間違いじゃない。クリフォードのエスコートも完璧《かんぺき》だしね！　……ていうか、私の左手への扱《あつか》いが本当にそっとした風なのもあって、嬉《うれ》し恥《は》ずかしい感じが……！

そんな自分を誤魔化《ごまか》す意味もあって、尋《たず》ねてみる。

「クリフォードは、あの三着のうち、どのドレスが良いと思うかを訊かれていたら、どれを選んだのかしら？」

「中央のドレスを」

三着のうち、中央にあったのは、クリーム色のドレス。みんなも推していたやつだ。

「それは何故《なぜ》？」

「殿下はあのドレスを既にお選びになっているように見えましたので」

図星だった。ただ、やっぱりこれかなーって思いつつ、決め手が欲《ほ》しかったというか。

誰《だれ》か……クリフォードからも後押《あとお》しが欲しかったのかも。

「……じゃあ、いま、同じことを訊かれたら？」

答えは同じ？

クリフォードの濃い青い瞳が私を見返した。ふっと、その目が細まる。

「──いま、殿下がお召《め》しになっているドレスを」

「わたくしが選んだからそれに従うということ？」

「いえ。私の意見です」

クリフォードがかぶりを振った。さっきの回答からすると、意外に感じる。

言葉が続けられた。

「――いまなら、そのドレスが一番お似合いになると答えます」

「……そう」

……おかしいな。ガイに褒められたときみたいな反応ができない。

私はそれを取り繕うために前を向いた。その寸前、視界の隅《すみ》で捉《とら》えたクリフォードが微笑んだように見えていたせいなのか、頬《ほお》はたぶん火照《ほて》ったままで。

そして、『王女の道』の中間地点に差しかかろうとしたときだった。

「殿下。身体を私にお預けくださいますか」

至極当然とばかりにクリフォードが言った。ばっとその端正《たんせい》な顔を見上げる。

？　身体を預けるって？　ふざけている様子はない、けど、意味が……。

意味……？　何かが頭の隅を掠《かす》めて、私は歩みを止めた。そういえば――。

『ねえ、グレイ。この慣例のはじまりである王女は、通路を半分進んだ後からは護衛の騎士に抱き上げてもらっていたのですって』

『殿下もお望みですか？』

『慣例に正しく従うことを命じます。わたくしの護衛の騎士にだけ許すのよ』

何が掠めたのか、わかった。オクタヴィア流正しい『王女の道』の通り方と称《しょう》して、グレイに無茶ぶりしていた頃の記憶だ……！　それは、私が失恋するまで続いた……。

黒・歴・史。うう、思い出したくなかった……！

──待って、私、『王女の道』を通る前、確か……。

「慣例に正しく従い……」

愕然《がくぜん》とした。『武器当て』の話みたいにこの黒歴史エピソードがクリフォードにも伝わっているのなら、オクタヴィア流で行くわって命令したも──。

「はい。ご命令通りに」

同然だった。て、撤回《てっかい》を……！　そう思って顔を上げクリフォードを見た途端《とたん》、迷いが生《しょう》じた。……命令って、『従』のクリフォードにとって決して軽くはないものだよね。経緯が経緯とはいえ、それを撤回するのって、『主』としてどうなの？　──いっそ。

再度、命令を口にする。濃い青い瞳を直視して、今度は、ちゃんと。

「ええ。慣例に正しく従うことを命じるわ。わたくしが信頼する特別な騎士にだけ許すのよ」

グレイのときみたいに。ただし、言葉を付け加えて。

「身に余る光栄です。──我が『主』よ」

預けたままの左手へと、手袋越しにクリフォードの唇《くちびる》が落とされる。

驚く暇もなく、次の瞬間、ふわっと身体が持ち上がった。

了

あとがき

『私《わたし》はご都合《つごう》主義《しゅぎ》な解決《かいけつ》担当《たんとう》の王女《おうじょ》である 4』、略して『わたご4』をお読みくださりありがとうございます！　まめちょろと申します。

電子書籍《しょせき》で既《すで》に配信されている4巻ですが、今回紙書籍として発売です！

読んでくださっている皆《みな》さんのおかげで実現しました。

紙書籍化に伴《ともな》いおまけ要素として書き下ろしが追加されています。

ただ、いざ書くとなったとき、作中にエピソードをねじ込める隙間《すきま》時間がなく、正直、何を書こう……？　となりました。

他者視点を新たに入れる？　だとすればクリフォード……？

でも既にラストにあるし……。ラスト後にさらに追加だと難しい。

やっぱり別の人物か！　兄……セリウス？　いやしかし、追加の書き下ろしでセリウス視点はおまけとしてどうなのか。セリウスはセリウスでも幼い頃《ころ》の兄視点なら？

いっそ完全に時系列を無視した季節もののイベント話とか？

あとは夢オチなら学園ものでも何でもできるぞ……！　自由自在！　でも4巻だと夢ネタは被《かぶ》るか……。

いっそ振《ふ》り切って、未来の話なら書きやすいといえば書きやすい。が！　4巻でやると完全にネタバレだよなあ……。

どうせならオクタヴィア視点で何か……。

などと試行錯誤《しこうさくご》の末、4巻の追加書き下ろしの内容が決まりました。

同じ時系列でのもしも話になっています。

お楽しみいただければ幸いです！


ところで、本作は女の子主人公で異世界ファンタジー！　恋愛《れんあい》も！　コメディも！　を目指しています。つまりラブコメなのです。

ラブ……コメ……？　と言われようとラブコメなのです。

ですが、コミカライズ（カドコミ様などで連載中《れんさいちゅう》です。米田和佐《よねだかずさ》先生によるコミックス1～5巻が絶賛発売中！）の監修《かんしゅう》に当たり、設定を確認《かくにん》する機会が多くあり、クリフォードの首の傷痕《きずあと》ができた経緯《けいい》を書いていたとき、改めて思ったんです。

……こいつ、ラブコメ界の人間じゃないや。

どうしよう。

いまさらと思うなかれ。

確実に、『私はご都合主義な解決担当の王女である』の主要男性キャラクターの中で最もラブコメ界から遠い。じゃあ近いのは誰《だれ》かというと……ガイ？

でも、はっとしたんです。

いや、だからこそ、チョロいんじゃないか？

ほら、ラブに免疫《めんえき》ないから！

ツボにヒットしさえすればすべてクリティカルになる男なんですよ、きっと。

諸々が降り積もっていくんですよ。しかしツボがわかりにくく一回でもヒットの範囲《はんい》を外すとたぶんルートからも外れるという……。

うーむ。やはりラブコメ界から遠いのは変わらないようです。

しかし、必ずやラブコメ界の住人にしてみせます。

最後に、4巻の出版にあたっては、電子・今回の紙書籍共に担当編集様には大変お世話になりました。担当さんでなければ絶対に実現しなかったことだと思います。

校正様、デザイナー様、ほか携《たずさ》わってくださった方、4巻をお待ちくださった方、紙書籍化を望んでくださった方、ありがとうございます。

イラスト担当の藤《ふじ》先生にもこの場を借りてお礼を。今回も素敵《すてき》な表紙と挿絵《さしえ》を描《えが》いてくださいました。動きのある凛々《りり》しいオクタヴィアに見惚《みほ》れます。

以下次巻！　な引きの4巻ですが、以降は電子書籍で6巻まで発売中です。5巻・6巻も紙書籍で書店さんに並べば良いなあと思っています。続けられる限りは頑張《がんば》る所存です。

まめちょろ

■ご意見、ご感想をお寄せください。
《ファンレターの宛先》
〒102-8177 東京都千代田区富士見 2-13-3
株式会社KADOKAWA ビーズログ文庫編集部
まめちょろ 先生・藤未都也 先生

B's-LOG BUNKO
ビーズログ文庫

●お問い合わせ
https://www.kadokawa.co.jp/（「お問い合わせ」へお進みください）
※内容によっては、お答えできない場合があります。
※サポートは日本国内のみとさせていただきます。
※Japanese text only

私《わたし》はご都合主義《つごうしゅぎ》な解決担当《かいけつたんとう》の王女《おうじょ》である 4

まめちょろ

2024年 5 月15日 初版発行

発行者　山下直久
発行　株式会社 KADOKAWA
〒102-8177 東京都千代田区富士見 2-13-3
（ナビダイヤル）0570-002-301
デザイン　伸童舎
印刷所　株式会社KADOKAWA
製本所　株式会社KADOKAWA

ISBN978-4-04-737967-1 C0193

定価はカバーに表示してあります。
◆◇◇

FLOS COMIC
フロースコミック
大好きな
BL小説に転生！
漫画
米田和佐
原作 まめちょろ
キャラクター原案 藤 未都也
…って
政略結婚ルート
不可避の脇役王女!?
私はご都合主義な解決担当の王女である 5
米田和佐
コミックス最新5巻発売中！
私はご都合主義な解決担当の王女である
KADOKAWA